新　潮　文　庫

檀

沢木耕太郎著

新　潮　社　版

6509

檀

序章

1

今年の正月は長女の持っている軽井沢の山荘で過ごした。いや、軽井沢の山荘などというと誤解を招くかもしれない。確かに、山の斜面に建っていて見晴らしはいいが、軽井沢もだいぶ南にあるため浅間山は見えず、山小屋と言った方がいいような大きさしかない。しかし、それでも娘はとても気に入っているらしく、石神井《しゃくじい》の家にいるときよりはるかにくつろげるとさえ言う。ささやかなものであれ、自分の働きによって手に入れたものだからだろうか。

檀《だん》は生涯別荘というものを持たなかった。持てなかったと言いかえてもよい。生前、石神井の住まい以外にも三軒の家を持つことになったが、どれも別荘と呼べるようなものではなかった。中央林間の家は檀の母を住まわせるものだったし、目白のアパートの一室は愛人と暮らすためのものだった。それらに比べれば、晩年になって九州の能古島《のこのしま》に求めた古家がもっとも別荘というのに近いかもしれないが、そこに移り住んだのは、気ままに遊び暮らすためではなく、衰えていく体を回復させるためというはっきりとした目的があってのことだった。

だが、かりに檀が別荘を持てたとしても、それを軽井沢に求めることはしなかっただろう。檀には、「いかにも文士風」という振舞いを嫌うところがあり、軽井沢に別荘を建てることが、そうした振舞いの象徴でもあるかのように映っていたからだ。

檀が軽井沢を好まなかった理由はもうひとつある。泳ぐ場所がなかったことだ。

他人の眼からは放埒《ほうらつ》を極めた生き方をしてきたと見られがちな檀は、一方で、ほとんど趣味というものを持てない人でもあった。その檀が、たったひとつ愛したのが泳ぐことだった。幼いころから、檀が夏を楽しむのに必要なものは水だった。海でも、川でも、泳げさえすればいい。いちど別荘を買わないかと勧められ、心を動かしたものの最終的にお断りすることになったのは、そこに泳ぐ場所がなかったからだった。

確かに檀は軽井沢を嫌っていた。だが、娘が別荘のようなものを建てることに反対したかどうかはわからない。娘は娘と思っていたし、生きていれば、存外、喜んで私と出向いたかもしれない。

不思議なことに、この山荘にくると、娘は嬉々《きき》として家事を始める。

石神井の家では、自分の部屋が衣装や小物などで溢《あふ》れ、収拾がつかないほどになっている。根が几帳面《きちょうめん》で、片付けるなら徹底的にやらなければ気がすまないため、かえって手がつけられなくなっているらしい。だが、この山荘ではすべてが意のままになるので気持がよいらしいのだ。

だから私は、ここに来るといつもの家事から解放され、のんびりすることができる。この正月も、家からおせち料理を持ってきただけで、あとはすべて娘に任せ、好きなように過ごすことができた。そこで、私は家から持ってきた『火宅《かたく》の人』を読むことにした。

2

去年の暮れ頃から、檀について考えることが多くなった。

それまでは、十七回忌も無事に終わり、すべてが遠くなりつつあった。仏壇の花が枯れかけているのに気がつかないこともあり、お供えした到来物をしばらく下げ忘れてしまったりもする。そのようにして、檀の思い出も淡いものになっていくのだろうと思っていた。

ところが、去年の秋、ある方が訪ねていらした。檀一雄についての話を聞きたいというのだ。私はお断りをしようと思った。期待されているような話ができるとは思えなかったし、檀の思い出を語ることは、必ずしも楽しいことばかりでないことが予想できたからだ。檀の死後、乞《こ》われて一、二度お話ししたことはあるが、それ以外はすべてお断りしていた。しかも、最近は耳の具合が悪くなり、相手の言葉が聞き取りにくくなっている。七十歳を越えたばかりで耳が遠くなるというのは恥ずかしいかぎりだが、中国を旅行して帰ってきてからどうも具合が悪いのだ。

しかし、一度お会いしたあとで、結局引き受けることにした。ひとつには娘の勧めもあった。娘はどこかで父親を偶像視しているところがあるが、檀一雄の像を明瞭《めいりょう》にすることは、決して悪いことではないという思いがあるらしい。だが、それ以上に、私がその方の申し出を受けることにしたのは、たとえそれが苦《にが》いものであろうと、檀一雄について語っておくことは、やはり遺《のこ》された家族の義務なのかもしれないと思うようになったからだ。

そのようにして週に一度の機会がもたれるようになった。毎週月曜か火曜の午後、その方は家にいらっしゃると、檀一雄についてあれこれお訊《たず》ねになる。私は私の見てきた檀についてぽつぽつと答える。しかし、そんな簡単なことがずいぶんと難しかった。多くの記憶が曖昧《あいまい》になっていたからだ。いや、記憶そのものは鮮明だとしても、出来事の推移や、時間的な経過が不確かになっている。しゃべりながら、あれはいつのことだったかしら、と何度も立ち往生してしまった。

そこで、この正月に『火宅の人』を読むことにしたのだ。これはある時期の檀についてのかなり正確な記録になっているし、また、その方の質問も、行きつ戻りつしながら、どうしてもそこに帰ってくるからだった。

檀にとって最後の作品となった『火宅の人』は、また檀の代表作ということにもなっている。

この本は確かによく売れた。単行本で五十三刷四十七万部、文庫本が上下あわせて百七万部、文学全集の一巻として収録されたものが五万部と、実に百五十万を超える部数が世の中に出ていったことになる。檀の作品でこれ以上売れたものはない。死の床についているときに出版され、死の直前にベストセラーになり、死んでからも売れつづけた。商業的に成功しただけではなかった。直木賞を受賞して以来、およそ文学賞というものに縁のなかった檀に、読売文学賞と日本文学大賞という大きな賞が立てつづけに与えられることになった。この成功がなかったとしたら、死んだ翌年に全集の刊行が開始されるということもなかったかもしれない。

あらゆる意味において、『火宅の人』は檀とその遺族にとって大きな作品だった。

だが、その『火宅の人』はまた、妻である私にとってつらい作品だった。夫とその愛人との「交情」を描いた作品が、妻にとってつらくないはずがない。

総枚数で一千枚を超える『火宅の人』は、十四年にわたり文芸誌に断続的に掲載されたものだった。私は雑誌発表時にざっと眼を通していたが、単行本になってからは読んでいなかった。だから、この正月に一気に読んだのが通読した初めての経験だった。

しかし、読み進めるうちにあらためて感情がたかぶってきた。当時のことが思い出され、つらいところにくると自分の相が険しくなるのがわかった。これまで、つらかったことをすべて忘れることができていたというわけではなかったが、日々の雑事の中に埋もれ、ほとんど思い出さなくても済むようになっていたのだ。ところが、その本の中には、到《いた》るところにざらざらと触れてくるものがあり、ぐさりと刺してくるものがあった。そんなことはありません、それは違います、そんなことを思っていたのですか、と何度胸の中で声を上げたことだろう。あるときは、いきなり本を伏せ、バッと立ち上がったこともある。

読み終わって、私は茫然《ぼうぜん》とした。

以前、私は娘たちにこんなことを言ったことがある。檀の傍《そば》には前の奥さんの律子さんがいるだろうが、私も死んだら檀のところに行きたいと思う。あるいは邪魔だと言われるかもしれないけれど、あちらの世界への新参者として、少しは檀の知らないニュースを持っていけるから、しばらくは珍しがって私の話にも耳を傾けてくれるかもしれない、と。

歳月が記憶の刺《とげ》を取り除き、檀の像を美しいものに変えてくれていたのだ。

しかし、眼の前の『火宅の人』には、まさに生身の檀一雄が存在していた。それも、俎板《まないた》の上に大きな肉の塊《かたまり》がドタッとのっているような存在の仕方で。

「私は、お父様のことを少し美化しすぎていたかもしれないわ」

私が言うと、『火宅の人』はあまり正月にふさわしい読書ではないかもしれないと笑っていた娘が、努めて明るい口調で言った。

「お母さん、死んでもチチのところへは行かれないかもしれないわね」

しかしよく見ると、娘の眼には薄く滲《にじ》むものがあった。

第一章

1

檀の『火宅の人』は日本脳炎にかかった次郎の姿を描くことから始められている。

《30年　8月7日　次郎発病、日本脳炎ト診断サル》

次郎は昭和三十年の夏に日本脳炎にかかった。一週間もの高熱が続いたあとで、なんとか命は取り留めたものの、ふたたび自分の力でベッドから起き上がることはできなくなった。

その日は、檀が書いている通り、八月の七日だった。

昼間、次郎は女中に連れられ有楽町の読売新聞に行った。私は悪阻《つわり》がひどく、臥《ふ》せっていたため、女中に原稿料を受け取りに行ってもらったのだ。

その次郎が夜になって熱を出した。医者に往診に来てもらったが、要領を得ない。扁《へん》桃腺《とうせん》が腫《は》れているので扁桃腺炎かもしれないともいう。とにかく少し様子を見てくださいと言い残して帰られたが、次郎の熱はいっこうに下がらない。

明け方近くになって、旅先からそのまま酒場に寄ってきたらしい檀が帰ってきた。私は不安を訴えたが、檀はこう暑くては大人でも参ってしまうというようなことを言うと、酔い潰《つぶ》れるように寝てしまった。

朝になって、突然、次郎が激しい引きつけを起こしはじめた。慌《あわ》ててシャモジを口に突っ込み、舌を嚙《か》み切ることのないように処置してから、女中に医者を呼びにいってもらった。様子を見た医者は、今度はすぐに大きな病院に連れていった方がいいと言い出した。急いでタクシーを呼び、私は次郎を抱いて乗り込んだ。檀は新聞の連載小説の締切を抱えているため家に残った。私が向かったのは、三人の子供を産んだ下落合《しもおちあい》の聖母病院だった。しかし、着くとすぐに日本脳炎と診断され、即座に伝染病の隔離病棟のある豊多摩《とよたま》病院に移らなければならなくなった。

ふたたびタクシーで運んだものの空いているベッドがない。その日は病室の床に寝かせてもらい夜を明かした。翌日、回診に来てくださった院長さんに、どうか子供を助けてください、とすがりついた。私には、日本脳炎という病気がどのようなものか、まだよくわかっていなかったのだ。

豊多摩病院に入院して三日目に危篤《きとく》状態に陥った。昏々《こんこん》と眠りつづける次郎に、呼吸麻痺《まひ》の症状が現れたのだ。付き添っている私は、自分がひどい悪阻であることも忘れるほど、必死になっていた。檀は次郎の死を覚悟し、最後の姿を撮っておこうとカメラを持ってきた。しかし、次郎の強い心臓が危機を救った。かろうじて生き延びられたのだ。

だが、私たちは、助かったという喜びのあとで、後遺症という現実に直面しなくてはならなかった。次郎は以前の次郎ではなくなっていた。話すことはもちろん、自分の力では起き上がることもできなくなってしまったのだ。

次郎の発病は、結婚九年目の私たち夫婦に最初に訪れた試練だったと言えるかもしれない。

檀には、敗戦直後に、先妻の律子さんの死を看取《みと》るという試練があった。私にも先夫の戦死という悲しみはあったはずだが、それは夢の中の出来事のように実感の薄いものだった。若かったということもあったろう。だが、不具になった次郎の姿は、現実以上の重みをもって私に迫ってきた。それは三十三年間の私の人生において最大の悲しみだった。いや、それ以後の四十年を含めた全人生において最大の、と言ってもよい。

2

私は福岡県柳川《やながわ》市の近郊の農村地帯で生まれ育った。大和《やまと》という名の村で生まれ、十歳の頃に瀬高《せたか》という村に移った。

名前はヨソ子という。奇妙な名前だが本名である。少女時代はこの名前が嫌いで、好きな漢字を充《あ》てたり、平仮名に書き換えたりしたが、いつの間にか愛着を覚えるようになった。それにしても、姉が松枝で妹が小治《こはる》だから、私だけ妙な名前をつけられたということになる。もちろん、それには理由があった。姉が生まれて以来、次々と生まれてくる女児が死んでしまう。そこで、私が生まれる直前になって、もしこんど女児が生まれたら、「うちの子」ではなく「よその子」として育てよう、そうすれば長生きしてくれるかもしれないと考えたのだという。ヨソ子という名前にはそうした父母の思いが込められていたのだ。おかげで私は早世《そうせい》もせず、元気に育つことになった。だからだろうか、姉と、二人の兄と、私のすぐ下に生まれた妹との五人きょうだいであるにもかかわらず、家では大事に育てられたという印象がある。

家はたいした地主ではなかったが、ある程度の土地と小作人を持ち、不自由のない暮らしをしていた。大和村自体も貧しい村ではなかった。気候は穏やかで米と麦がとれ、有明海から魚の届く距離にある。その大和村で、私はのびのびと育つことができたように思う。あんやんと呼ばれていた子守さんと近所のお宮の境内で遊んだり、友達と綺麗《きれい》な石を拾ってそれをおはじきがわりにして遊んだ記憶が残っている。

家の周囲には田畑とお宮しかなく、往還《おうかん》と呼ばれていた広い道の向こうに小学校が建っており、そのはるか彼方《かなた》に雲仙岳がそびえている。私は幼いながらに、家の庭から眺められるその景色を、いつも美しいものと思っていた。

大和の尋常小学校に入ってしばらくしたころ、一家は瀬高に引っ越すことになった。父がお金を貸していた造り酒屋が立ち行かなくなり、そっくり譲り受けることになったのだ。瀬高は水がよく、いくつもの造り酒屋があったが、その一軒だった。

一家は瀬高に引っ越していったが、私は友達のいる大和の小学校を離れるのがいやさに、親類の家に世話になってひとり大和に残らせてもらった。結局、四年生で瀬高に転校したが、根がぼんやりのせいか、転校すればしたですぐに順応した。

幼いときの私は、周囲から「ヨーしゃんは、オーヨウにある」とか「ヨーしゃんは、ウーバンゲにある」とか言われていた。ウーバンゲという方言は、おおらかとかのんびりしたとかいう意味を持つ言葉だ。それは裏を返せば気転のきかないということにもなりかねないが、いずれにしても細かいことにあまりこだわらない性格だったように思う。

父が譲り受けた造り酒屋は山田酒造所といい、たまたまうちと同じ姓だったが、代々「瑞光《ずいこう》」という銘柄《めいがら》の酒を造っていた。瀬高の造り酒屋の中では決して大きな方ではなかった。

たとえば、私の家の隣は、北原白秋のお姉様が嫁がれてきていた大きな造り酒屋だったが、そこなどは奥様を往来で見かけるなどということがほとんどなかった。年に二回、盆と正月に御家族そろってお寺参りをされる。それはまるで大身《たいしん》の御一家が「おなりになる」といった風情《ふぜい》だった。

尋常小学校を卒業すると柳川の高等女学校へ行った。瀬高の近くにも女学校はあったが、やはりいくらかは柳川に憧《あこが》れる気持があったのだろう。バスに乗って二十分ほどの通学をした。

本を読むことは嫌いではなかった。小説も、当時の女学生が愛読していた吉屋信子を読んでいたし、トルストイやドストエフスキーも読んでいた。しかし、学科では理数系の科目が好きだった。それは、真面目《まじめ》に暗記をしたりしなくても、一応理解していればなんとかごまかしがきくからだった。つまり、あまり学業に熱心な生徒ではなかったということになる。

クラブはバレーボール部に入っていた。これは、運動会になると必ずクラス対抗リレーに狩り出されたのと同じく、単に私の背が高かったからにすぎない。

当時のことだから、映画を見ることもなければ、男友達を作るということもない。通学するバスの中で男子生徒の視線を意識する程度で、そのまま大過なく卒業に至った。

卒業後は家に入って結婚に備えるという道を選んだ。それ以外には、師範学校に行って先生になるか、どこかの銀行に勤めるかという選択肢があったが、曲がりなりにも造り酒屋の娘がお勤めをするというわけにはいかなかった。教師への道には多少心が動かないことはなかったが、結局家事見習いというところに落ち着いた。

柳川は旧立花藩の城下町であり、立花家の当主は依然として「殿様」、土地の言葉で「とんさん」と呼ばれて敬愛されていた。卒業に際して、学校の先生から立花のとんさんの「お付き」にどうかという話も舞い込んできたが、これは長兄が「嫁に行かれなくなる」と怒って断ってしまった。

卒業してしばらくは、お茶と裁縫を習うという、嫁入り前の娘としてごく平凡な生活を送っていた。そのうちに見合いの話が舞い込んでくるようになった。当時の普通の娘さんたちと同じく、見合いをして結婚するということにほとんど疑問を感じていなかった。

何度も見合いをするということが、男にとっても女にとっても決して恥ではなく、一日で何回か見合いのハシゴをするということが誇らしげに語られたりするような土地柄だった。だから、私も何度か見合いをし、断ったり断られたりした。

一度は結納《ゆいのう》を取り交すところまで行ったが、同じ造り酒屋である先方から断られてしまった。理由はよくわからない。私は女としてはかなり大柄で、そのため常に相手の身長が問題だったが、その方の場合は、「我が家に大柄な血を入れたい」という御両親の強い希望があってのことと聞いていたので、断られた理由がわからなかった。私の家の親戚《しんせき》にいとこ同士の結婚があり、生まれた子に小さな障害があったことを気にされたのかもしれない。父はショックを受け数日寝込んでしまったが、私はなぜだろうという不思議な気持はあったものの、父ほどのショックは受けなかった。いずれ結婚はするものだと思っていたが、結婚というものに現実感がなかったし、できればもうしばらく気楽に暮らしていたいと思っていたからだ。

しかし、そうこうしているうちに、また見合いの話が持ち込まれてきた。相手は瀬高に近い三橋の鍛冶《かじ》屋の長男だった。いや、単に鍛冶屋とだけ言ってしまうのは正しくない。かつては代々刀鍛冶をしていたが、いまは村の鍛冶屋として生計を立てている、という家だった。御両親が教育熱心で、子供さんたちに出来るかぎりの教育を受けさせた。見合いの相手は長男で、商船学校を出て船乗りになり、海軍中尉《ちゅうい》として軍艦に乗っているとのことだった。弟さんは学校を出たあと陸軍の飛行機乗りになっていた。

昭和十七年、私はその武藤強《つよし》という海軍中尉と見合いをし、結婚することになった。船乗りの妻というのは気楽なものよ、半分は海の上だから残りの半分は気楽に過ごせるわ、というのがお仲人《なこうど》の勧め方だった。こちらには特別相手に対する不満はなかったが、父がこう言ったのが印象に残っている。

「田んぼも畑もないような家に行くのか……」

父は瀬高の造り酒屋を引き受ける際も、大和村の田畑は手放そうとしなかった人だ。

土地こそ大事、と考える人だった。

一方、私はといえば、相手が無骨《ぶこつ》そうで岩のような感じの人だったところから、これは焼き餅《もち》を焼かなくて済みそうだ、などとつまらないことを考えたりもしていた。そして実際、酒も呑《の》まない真面目な人で、親孝行な人でもあった。

結婚生活は、もちろん夫の両親と一緒だった。

新婚旅行には一週間ほど東京に行ったが、そこから帰ると、すぐに夫は船に戻っていってしまったので、私はひとり婚家《こんか》で暮らすことになった。

結婚したばかりでひとりになってしまった嫁を不憫《ふびん》に思ったのか、何かにつけて夫の両親はやさしかった。姑《しゅうとめ》と一緒の食事作りに失敗してもみんな笑って許してくれたし、芸術家肌であまり仕事をしなかった舅《しゅうと》は、火鉢《ひばち》を抱えながらいろいろな話をしてくれた。

その家では、毎日決まって夜鍋《よなべ》仕事というのがあった。家には両親のほかに義妹がいて、夕食後、一家の女がそろって針仕事をするのだ。

針仕事は嫌いではなかったが、ただひとつ、その前に入る風呂《ふろ》が内風呂ではなく、外にあるのがいやだった。隣に蠟《ろう》を作っている工場があり、そのボイラーで温められる大量の湯で共同の風呂ができていたのだ。薄暗いため混浴だということにはさほど強い嫌《けん》悪感《おかん》はなかったが、実家の内風呂に慣れていた私には、風呂に入ったあとにまた身繕《みづくろ》いをしなくてはならないのが苦痛だった。

夫の乗っている駆逐艦が港に帰ってくるとそこに出向き、間借りをしている部屋で次の出港の日まで一緒に過ごす。軍用の港には、そうした夫婦のために、賄《まかな》いつきの部屋というのが必ずあった。

結婚して三、四ヵ月して帰ってきたときは門司《もじ》だったが、あとはすべて佐世保《させぼ》に呼び出された。呼び出されると、何日か間借りの部屋に泊まり、船が出て行くと、ひとり婚家に戻る。それはほとんどままごとのような結婚生活だった。

そうした生活を一年ほど送るうちに、戦局は急を告げてきた。昭和十八年、夫との別れは唐突にやってきた。

最後の地も佐世保だった。このときは夫も何かを予感していたのか、別れて婚家に戻ってきた私に電報が追いかけてきた。出港の予定が数日延びたから、もういちど佐世保に来いというのだ。私が駆けつけると、

「雨の中、ふんどしまで濡《ぬ》らして電報を打ちにいったんだ」

と笑いながら言った。

そして、南の海に出ていったまま帰ってこなかった。

佐世保での合同葬儀のあと、私は両親に連れられて義弟のいる熊本の宇土《うと》の連隊を訪ねた。きっと私ひとりで留守番をさせるのがかわいそうなので一緒に連れていってくれ

るのだろうと思っていた。しかし、それは未亡人となった私を義弟と妻合《めあ》わせようという配慮によるものだったのだ。ありがたいことに、舅も姑も私を気に入ってくれていた。とりわけ舅は、「うちの嫁は、小気は利《き》かんけど大気が利く」というような褒め方をしてくれていた。小気はコギ、大気はウウギと発音する。細かいところには気が廻《まわ》らないが、肝心なところでは役に立つ、というようなことだろうか。

私の夫であった長男はごく普通の風采《ふうさい》の人だったが、次男の義弟はスポーツマン・タイプの好男子だった。不謹慎な話だが、私はどちらかといえば、義弟の容貌《ようぼう》の方を好ましく思っていたかもしれない。しかし、結局、義弟とは再婚することはなかった。やはり夫に悪いという気持もあったし、結婚はもうたくさんという思いもあった。わずか二年足らずの結婚生活でもうたくさんもないものだが、そのときはそういう気分だったのだ。子供がいなかったこともあり、ここにいなさいという両親の勧めを振り切り、婚家から瀬高の実家に帰った。

帰るとすぐに、婚家の両親が二人して実家にお見えになった。戻ってきてほしいとのことだったが、やはりお断りした。

夕暮れどき、帰り道を途中までお送りすると、どこからか梟《ふくろう》の鳴き声が聞こえてきた。すると、姑が寂しそうな声で言った。

「ああ、強が泣いているようだ」

私は一瞬胸が詰まったが、最後まで戻るとは言わなかった。のちに義弟は戦死した。かわいそうだったのは舅だった。娘三人は無事だったが、頼みの息子を二人とも戦争で失ってしまったからだ。

3

実家に帰った私は再婚はしないつもりだった。死んだ夫に操《みさお》を立てて、といった殊勝な心掛けからではなく、もう少し自由の身のまま過ごしたかったのだ。結婚はこりごりというほど強い嫌悪の情を抱いたわけではないが、婚家での生活をどこか息苦しく感じていたことは確かだった。

実家は、酒造所の統廃合によって転業を余儀なくされており、酒蔵《さかぐら》に窓を開けて軍需用の機械部品を生産していた。

やがて終戦になったが、酒蔵を改造しているため、すぐに造り酒屋に戻ることはできそうにない。そこで、兄嫁の実家から織機《しょっき》を入れて綿布の生産をすることになり、私が織物試験場に講習を受けにいくことになった。

ところで、実家の近くには、待鳥波江さんという女学校時代の友達がいた。卒業後も往来は続き、波江さんの姉の京子さんや妹の富士子さんと一緒に、待鳥家でお茶を飲んだり、ピクニックへ行ったりしていた。

とりわけ、姉の京子さんは、旧制高等学校の教授だったお父様と東京で暮らしたこともあり、なにごとにつけてハイカラだった。たとえば、誘われてイチゴ狩りに行くと、そこに牛乳を持ってきてくれたりする。イチゴにミルクという発想は戦前の田舎町にはあまりないものだった。その上、話が面白かった。ベルリン・オリンピックのあとで、『民族の祭典』が日本でも大ヒットすると、その監督のレニ・リーフェンシュタールについて、「彼女はヒットラーの愛人らしいわ」などとびっくりするような話をしてくれる。

私が結婚して一時交渉は途絶えていたが、実家に戻ってからまた付き合いが復活した。当時、待鳥家は一種のサロンとなっていた。文学好きの京子さんを中心にして、近隣の文学者や文学愛好者が集まっていた。お父様がすでに亡《な》くなっており、女性ばかりの四人家族で、あまり気兼ねせずに長居ができたということもあったろうが、なにより京子さんが話し上手でもてなし上手だったということが大きかった。

そんなある日、私に見合いの話が持ち上がった。待鳥家に出入りしている児童文学者の与田準一さんの紹介で、相手は最近奥さんを亡くした子連れの作家だという。それが檀だったのだ。

そのころ、檀は近くの寺の二階に息子の太郎と二人で暮らしていた。

檀の本籍は福岡県にあるが、生まれたのは山梨県だった。父親が工業試験場の技師や工業学校の先生をしていたことから、その転任などによって幼いころから各地を転々とした。ある時期は、父方や母方の祖父母のもとにひとり預けられたこともあるという。栃木県の足利《あしかが》に落ち着くまで、檀が暮らした土地は、山梨県の谷村《やむら》町、福岡県の柳川、久留米《くるめ》、福岡、そして東京の市ヶ谷と何ヵ所にものぼる。

父親と母親との間は、長男である檀が生まれる前からうまくいっていなかったらしい。母親が初婚でないのを知らずに結婚した父親が、騙《だま》されたと根に持ったのが原因だという。だが、それればかりでなく、お互いの性格がまったく違うということもあったようだ。父親は几帳面《きちようめん》で細かく、母親は大胆で太っ腹な人だった。それが、母親の弟さんの看病の問題を切っ掛けに爆発し、檀が九歳のときに母親は家を出てしまう。そのため、三人いた妹たちは父方の祖父母が住む柳川に預けられ、檀は父親と栃木県の足利市で二人だけの生活を送ることになる。

檀は小さいころからずいぶんと出来のよい子だったらしい。足利中学校から旧制の福岡高校に二番の成績で入学し、やがて東京帝国大学の経済学部に進んだ。そこで、生涯の友人となる水田三郎さんや坪井與《あたえ》さんと巡り会い、東京の上落合に広壮な家を借りて一緒に住み、授業も出ずに放埓《ほうらつ》な大学生活を送ったという。

どなたかに誘われて同人雑誌に加わり、そこに書いた「此家《このいえ》の性格」という作品が思いがけない称賛を得たことから、いろいろな文学者と知り合うようになる。佐藤春夫先生のところに伺い、師事することになったのもこのころだし、太宰治さんと遊び歩くようになったのもこのころだった。

昭和十一年、「日本浪曼派《ろうまんは》」に発表した「夕張胡亭塾景観《ゆうばりこていじゅく》」で第二回の芥川賞の候補になり、翌十二年には初めての短編集『花筐《はながたみ》』を出版できることになった。ところが、出版記念会の予定の日に召集され、久留米の連隊に入隊しなければならなくなる。三年後に召集解除になった檀は、しばらく満州や朝鮮を放浪していたが、勧められるままに帰国し、律子さんとお見合いをすることになった。

それを世話したのは檀の母親のトミさんである。

トミさんは、檀の家を出てからさまざまな苦労を重ねたあと、上海の貿易商で高岩勘次郎という方の後妻に入り、先妻の四人の子を育てつつ、新たに六人の子をもうけていた。のちに私が、トミさんを高岩の義母、そこで生まれた檀の異父弟妹を高岩の義弟、高岩の義妹と呼び、檀のすぐ下の三人の義妹とは呼び方を区別するようになるのは、それが理由だった。

やがて高岩の一家は上海を引き払い、日本に帰ってからは福岡に住むようになる。高岩の義母が、大学生だった檀との再会を果したのもこの時期である。義母は、御主人の高岩さんが亡くなると、これまでの罪滅ぼしという思いもあったのか、遺《のこ》された財産でさまざまに檀を援助するようになっていた。

高岩の義母の勧めたそのお見合いはうまくいき、昭和十七年、檀と律子さんは結婚して東京石神井に新しい所帯を構えることになった。あらためて考えてみれば、それは私が武藤家に嫁入りしたのと同じ年ということになる。翌十八年には長男の太郎も生まれ、安らかな家庭が築かれつつあったはずだった。ところが、十九年になると、一歳にも満たない子と妻を残し、報道班員として中国に渡ってしまう。それは必ずしも行く義務があったわけではなく、むしろ檀が望んだという色彩が強いものだったらしい。それどころか、三ヵ月の予定期間が過ぎると、自ら志願して延長し、さらに中国各地の戦場を歩きまわったという。やがて、東京も空襲が激しくなり、律子さんと太郎は福岡の実家に戻る。そこで律子さんは腸結核にかかってしまうのだ。檀は終戦直前にようやく帰国するが、律子さんの病気を知って愕然《がくぜん》とし、以後、献身的に看病にあたる。しかし、その努力の甲斐《かい》もなく、律子さんは昭和二十一年の春に亡くなってしまう。

私が待鳥さんの家で見合いをしたのは、その年の秋ということになる。檀が瀬高の近くにいたのは、隣の東山村に住む遠縁の家に身を寄せていたからだ。そこには出戻りのお嬢さんがいらして、檀は入り婿《むこ》のような形での再婚を望んでいたらしい。そのお嬢さんは、女学校の上級生だったため私もよく知っていたけれど、柔らかな物腰の女性的な方だった。檀も気に入っていたらしいが、その方にはすでに進駐軍に好きな人がいたためうまくいかなかった。そこを出ざるをえなくなった檀は、幼子を抱え、行く当てもないまま、その村の善光寺という山寺に厄介《やっかい》になることになった。もちろん自炊だったから、太郎を肩車に山を下りては、瀬高でイワシなどを買っていたのだという。そうしたことから、瀬高に疎開《そかい》していた与田さんと出会い、その与田さんが付き合っていた待鳥さんの家に出入りする切っ掛けが生まれたらしい……。

だが、こうしたことのすべてを、当時の私はまったく知らなかった。知っていることと言えば、檀が奥さんに死なれた子連れのやもめで、山奥の寺の荒れ果てた二階で不自由な生活を送っている、ということだけだった。結婚するには、あまり条件のいい相手ではなかった。

もっとも、私にはたとえそれがどんな人であれ再婚の意志がなく、見合いをするつもりはなかった。ところが、男の子を連れた檀を見かけた兄嫁が、何度も何度もその男の子の可愛《かわい》さを口にする。確かに、その男の子、太郎は際立《きわだ》って可愛い男の子だった。しかし、あまり何度も口にするのを耳にしているうちに、ごく平凡なことに思い当たった。私は鈍感でわからなかったが、兄嫁はやはり私が再婚するのを望んでいるのだ、出て行ってもらうことを望んでいるのだ、と。

私は見合いすることを承諾した。

しかし、見合いといっても、どちらも初婚ではない。大袈裟《おおげさ》なことをするまでもなく、ただ待鳥さんの家で会うだけでよかった。

私には、作家という人種がどのようなものなのか皆目見当がつかなかったが、檀という人は、たとえその職業がどのようなものだったとしても好感の抱ける相手だった。長身だったが、少し猫背で歯が出ている。しかし、私にはその檀の姿が颯爽《さっそう》として見えた。そして、そのときの颯爽とした印象は、死ぬまで変わらなかった。

のちにさまざまなことがあったにもかかわらず、私が檀を決して嫌いにならなかったのは、このときの颯爽とした印象がいつまでも残っていたからだ。それは、こう言い換えてもよいかもしれない。檀は死ぬまで、そのときの印象を変えなければならないような存在にはならなかったのだ、と。

そのときの見合いのことで取り立てて印象に残っていることはないが、不思議なことに自分が何を着ていたかは覚えている。御召《おめし》と銘仙《めいせん》の中間のような素材の袷《あわせ》で、色は臙脂《えんじ》で金糸の刺繍《ししゅう》がついているものだった。不思議なことにと言うのは、戦死した夫と見合いしたときの着物はすっかり忘れているからだ。檀との見合いは、着物をはっきり覚えているだけでなく、足袋《たび》をはいていかなかったことも覚えている。どうしてはいてこなかったのか、檀の前に坐《すわ》ったとたん、そのことが急に恥ずかしくなってきた。

檀との結婚に家での反対はなかった。実家は兄の代になっていたし、隠居した両親も、いつまでも実家にいるのはよくないと思っていただろう。ただ、母は姉にだけこう言ったという。

「ああいう仕事の男の人は、いろいろとあるそうだから……」

その母の不安は、やがて的中することになった。

4

檀との結婚式は三井《みい》郡の松崎で挙げた。そこに高岩の義母が疎開用に作った家があったのだ。昭和二十一年十一月、檀が三十四歳、私が二十三歳だった。式は、近親の者が二十人ほど集まるだけのささやかなものだった。三々九度の盃《さかずき》を取り交わし、親戚《しんせき》の長老が恒例の謡《うた》いを披露すると、義母が差配をしてくれた懐石料理をいただいてお開きになった。

子連れの新婚旅行から帰ると、松崎の義母の家で暮らすことになった。そこは、疎開用に建てたものとはいえ、太っ腹な義母らしく二棟もある広壮な家だった。表に義母の弟夫婦一家、裏に私たち家族三人が住んだ。食事は一緒に作ることが多く、そこに福岡から義母が来たりすると、まるで宴会のようになった。

その家の暮らしぶりには驚かされた。私の実家とも前の婚家とも違っていた。食事どきに座蒲団《ざぶとん》を敷くという習慣も初めてだったし、朝の食卓に魚がのるなどということも経験のないことだった。義母は、上海で貿易商の妻として暮らしていたことが大きかったのだろうが、生活ぶりがすべてにおいて都会的だった。この時期にはすでに高岩家でも財産はなくなりつつあったはずだが、「苦もかつがつ楽もかつがつ」というのが口癖の義母は、そうした暗さや貧しさを少しも感じさせなかった。

檀は、このような義母の豪放さと、戦中から疎遠になりつつあった義父の几帳面さの、両方を併せ持っていたように思う。そして、自分の中に色濃くある義父と同じ几帳面さ、細心さを嫌ったために、よけい行動の振幅を激しいものにさせていったような気がする。


やがて、義母を中心にその一族が力を合わせて商売をはじめることになり、残っている財産を処分し、博多の目抜き通りに二階建ての店舗兼住宅を建てた。一階は隆記洋行《りゅうきようこう》という小さな貿易商社の店舗、二階に美容院を作り、私たち親子三人も二階の美容院の隣の部屋で暮らすようになった。

私は美容院に住み込んでいる美容師と助手の賄《まかな》いを受け持ち、檀も隆記洋行のために品物の売り買いをしていた。本来、隆記洋行は檀の伯父を中心に塗料を扱う予定だったが、思うように品物が手に入らず、次第に闇《やみ》のブローカーまがいのことをするようになっていたのだ。しかし、檀は返事が早くて勢いはいいのだが、買ったものの売り手を見つけられなかったり、引き受けた品物を仕入れられなかったりと、散々な目に遭ったようだった。

のちに、闇商売をやったことがあるという編集者と家で話していたことがある。その方が昔を懐《なつ》かしむように、

「あのころは信じられないほど儲《もう》かりましたね」

と言うと、檀も相槌《あいづち》を打った。

「うん、儲かった、儲かった」

儲からなかったとは恥ずかしくて言えなかったのだろうが、殿様商売の隆記洋行は失敗し、美容院もうまくいかず、檀は筆一本に賭《か》けるしかなくなった。

その檀に、東京へ出ていくことを強く勧めたのは義母だった。私は太郎と福岡に残り、檀は石神井公園の池のほとりにある、石神井ホテルという、いわゆる連れ込み宿風の旅館を根城《ねじろ》に書きはじめた。石神井には、律子さんとの新婚時代からの土地鑑《とちかん》があったのだ。

福岡の文学仲間のひとりである真鍋呉夫さんも、檀を追いかけるように上京し、同じ旅館に立てこもって書きはじめた。以後、真鍋さんの御一家とは、石神井の隣組として

親しく行き来することになる。

それから一年後の昭和二十三年の夏の終わり、私と太郎も東京に出ていき、親子三人がその旅館の一室で暮らしはじめた。季節が夏の終わりだったということをよく覚えているのは、石神井公園の木立から聞こえてくるヒグラシの鳴き声が耳に残っているからだ。福岡ではヒグラシを聞いたことがなく、東京の蟬《せみ》はなんと悲しげに鳴くのだろうと驚かされたのだ。

私にとって初めての東京生活は連れ込み旅館での生活だった。しかし、その旅館の御主人は私たち親子にとてもよくしてくれた。本来、そうした旅館を利用する人は食事をしないで帰るのが普通だろう。ところが、ろくに宿泊代も払わない私たちのために、わざわざ朝晩の食事を用意してくださったのだ。

やがて、近くの南田中というところに建て売りの家を買って引っ越すことができるようになった。もちろん月賦《げっぷ》だったが、よく頭金が払えたものだと思う。私にはそのお金の出所は知らされてなかった。真鍋さんによれば、一緒に講談社や偕成社などで少年少女小説を書きまくって稼いだということだが、それ以外にも、義母から家財を処分したお金を廻してもらっていたのではないかという気がする。

その家は六畳が二間に三畳と台所だけという狭さだったが、その狭い空間に何人もの人が出入りした。高岩の義弟が下宿し、福岡から出て来た知り合いが滞在し、檀に私淑した男性が書生としていたこともあり、原稿を待つ編集者が泊まることも少なくなかった。しかし、そのこと自体はさほど苦にならなかった。瀬高の実家は造り酒屋だったから常に使用人の出入りがあったし、最初の婚家では両親以外に義妹たちが同居していた。檀の家に嫁いでからはむしろ誰かと一緒のことの方が普通だった。

だが、なんといっても手間の掛かるのは檀の世話だった。前夜の仕事の具合によって、起きてくる時間がわからない。そのため、朝食をはじめとして家事の予定というものが立たない。しかも、朝起きてきた檀は恐ろしいくらい不機嫌で、何かによってその不機嫌を爆発させないと収まりがつかない。いちど爆発させてしまえば、あとはカラリとしているのだが、それまではじっと息をひそめて見守っていなければならない。

檀の朝食が一段落すると、ようやく家事を始めることができる。太郎や生まれたばかりの次郎の世話をし、檀が飼っているガチョウやニワトリの世話をし、昼の食事の用意をし、自転車で石神井の駅まで買物に行き、残りの家事をすると、また食事の支度をしなくてはならない。この時期の私は、寝るまでほとんど坐るということがなかった。

おまけに、檀が仕事に取り掛かるときには、傍にいて何くれとなく面倒を見なくてはならない。肩を揉《も》んだり、口述筆記《こうじゅつひっき》を手伝ったりする。いや、それは別に難しいことではなかったが、仕事にうまく入っていけないときが大変だった。癇癪《かんしゃく》を破裂させ、それを軽く受け流そうとすると、さらに激しい癇癪が破裂した。「馬鹿《ばか》！」とか「低能！」

とかいう言葉がすぐに飛んでくる。それには、よく遊びにきていらした親友の水田さんも、呆《あき》れたように言っていたものだ。

「俺も、女房にはたいがいのことは言うが、低能とまでは言わないぞ」

すべては仕事を先に延ばしたいという気持がさせるのだとわかってはいても、理不尽な言い掛かりをつけられるとやはり腹が立った。檀も自分で、「原稿を書かなければいい亭主になれるのだが」とよく言っていた。

私は檀の動きに合わせるようにして、毎日キリキリ舞いをしながら立ち働いていた。女中がひとりいながらこのように忙しかったのは、私の要領が悪かったからというところもある。だが、それだけではなく、檀に女性の愛情に対する飢餓感のようなものがあったことも大きかったと思う。檀には一緒にいる女性に絶えず自分を見つめてもらっていたいというところがあった。

坂口安吾さんに、たとえ畳に一寸のチリが積もっていようと、自分にだけ仕えてくれるような女がいい、というような言葉があるらしい。檀も、よくそれを持ち出してきては、掃除などはしなくていいから自分にだけ眼を向けていてほしいという意味のことを言っていた。しかし、実際には、部屋にほんの少しのチリが積もっていても耐えられない人だった。

つまり、檀は妻に二つのものを求めていたのだと思う。妻としての妻と、愛人としての妻。しかし、そんな器用なことは、少なくとも私には出来ない相談だった。

お金に関しての苦労は絶えることがなかった。

檀には良い物を見る眼があり、着物の選び方ひとつにしても私よりはるかにセンスがよかった。しかし、檀は義母に似てお金の使い方が大胆だった。無駄遣いはしないものの、入れば入っただけ使う人だったから、いつもお金に困っていた。私はしょっちゅう出版社や新聞社に前借りに行かなければならなかったし、質屋へ通わなければならないこともあった。一度など、馴染《なじ》みの質屋の御主人が、「だいぶ質草を取りに来ませんが大丈夫ですか」と心配して家まで訪ねてきたことがある。決まったときに決まったお金が入ってくるサラリーマンの家庭を羨《うらや》ましく思ったりもした。

しかし、だからといって、決して貧しさに汲々《きゅうきゅう》としていたというのではなかった。いつもお金に不自由していたが、流れていくお金は決して少なくはなく、それがどこかで気分を豊かなものにしてくれていた。

このころになって、私はようやく原稿を書いてお金をもらうということがどういうことなのかが理解できるようになってきた。なるほど、私は作家と結婚したのだと納得するようになった。

5

南田中の家から、現在も住んでいる石神井駅近くの家を買って引っ越したのは、昭和二十五年のことだった。

なんでも、人に紹介されて広い借家が見つかり、大家さんと条件の交渉をしているうちに、それならいっそのこと買わないかという話になり、檀が乗り気になってしまったということのようだった。その日、家に帰ってきた檀がいきなり発した言葉は、「いい家が見つかった」でもなければ、「家を買おうと思う」でもなく、「引っ越しだ」というものだった。土地は借地だったが当時の我が家の経済にとっては大変な買物だった。しかし、『リツ子・その愛』と『リツ子・その死』が出版されたこともあり、初めての新聞小説である『真説石川五右衛門』の連載が開始されたこともあって、なんとか支払っていくことができるような気がしたのだろう。

これまでの南田中の家には、福岡から高岩の義母とその子供たちを呼び寄せ、住まわせた。その結果、大勢の家計がますます重く檀の肩に掛かってくることになった。もっとも、それ以後、経済的なことを別にすれば、義母に厄介になりつづけたのはこちらの方だった。義母には、家が近かったこともあり、私が不在のときの留守を頼んだり、宴会好きな檀のために手伝いに来てもらったりと、何かと助けていただくことが多かった。とりわけ、太郎のことでは頻繁に面倒をお掛けした。中学生になって一時手に負えなくなった太郎を預かってもらったこともあるし、檀が義母のために中央林間に家を建て替えると、そこから玉川学園の高等部に通わせてもらうようなことまでしていただいた。

昭和二十六年には、『長恨歌』と新大阪新聞に連載中の『真説石川五右衛門』とで、第二十四回の直木賞を受賞することになった。

だが、檀はあまり嬉《うれ》しそうでもなかった。

私は、受賞第一作を書くため荻窪の弁天荘という旅館でカンヅメになっていた檀から、書けないので来てくれという電話を受けて口述筆記の手伝いに行った。そのとき、檀は受賞の感想も書かされたが、芥川賞ではなく直木賞を貰《もら》うことの戸惑いのようなものを滲《にじ》ませた文章になってしまった。しかし、すぐに「これではいけないな」と言って破り捨て、新たに書き直した。書き直したが、それもやはり、受賞を素直に喜ぶ文章にはならなかった。

また、その年の暮れには捕鯨船に乗って南氷洋に出ていった。

檀が南氷洋行きの計画に熱中しているころ、ちょうど坂口安吾さんが石神井の我が家に滞在されていた。なんでも競輪の不正をめぐって裁判を起こしたとかで、暴力団に狙《ねら》われるようになってしまったと思い込んだ坂口さんが、いろいろな宿を転々としている時期だった。一種のノイローゼ状態にあったといってもいいが、その坂口さんにも檀の南氷洋行きは不評だった。何度も「南氷洋なんかに行ってどうするんだ」と言われていた。しかし、檀は断固として南氷洋行きを止《や》めようとしなかった。そして、ひとたび捕鯨船に乗り込むと、翌年の四月まで帰ってこなかった。

子供も増え、昭和二十八年に三男の小弥太《こやた》、その翌年には長女のふみが生まれた。そしてふみが生まれた昭和二十九年、檀が奥秩父で落石事故に遭って肋骨《ろっこつ》を折り、慶応病院に入院するという出来事が起きた。三十年には、深いお付き合いのあった坂口安吾さんが急逝《きゅうせい》され、読売新聞で『夕日と拳銃《けんじゅう》』の連載が始まった。

とにかく、この何年かの檀は極端に忙しかった。『真説石川五右衛門』を連載中は、取材のためと称して頻繁に関西と往復し、時には何ヵ月も帰らないということもあった。また、奥秩父での骨折後は熱海に温泉つきの家を借り、そこに滞在して原稿を書いたりしていた。

たまには、そうした檀の行動に不安を覚えることがなくもなかったが、作家とはこんなものなのだろうし、いずれは帰ってくるだろうからという楽天的な思いの方が勝っていた。作家の家庭という特殊性はあるにしても、とりわけ仲が悪いということもない、夫婦としてはごく当たり前の健全な家庭生活を送っている、と私は思っていた。

それまでの私は、お金を工面するという苦労だけは多少していたが、本当の意味の苦労はしていなかった。やがて家を出ることになる檀が、おまえは苦労を知らないとよく言っていたが、嘘《うそ》ではなかった。それから味わうことになる苦労に比べれば、苦労とも言えないものだったのだ。夜、家事や子供の世話で疲れているのに、檀が呑《の》んで帰るついでにお客さんを引き連れてくる。それが悩みの種と言えば言えないこともない、という程度だったのだから……。

このような中で、次郎の発病は起きたのだ。

五歳の次郎はようやく近所の幼稚園に通うようになったばかりで、太郎と喧嘩《けんか》してはいつも泣かされているような子だった。当時は栃若《とちわか》時代の興隆期で、若乃花のファンだった次郎も、裸になっては枕《まくら》を相手に相撲を取っていた。

日本脳炎にかかってしまったことについて、後悔することはいくつかある。ひとつは庭を鬱蒼《うつそう》としたままにしておいたこと。それは檀の好みでもあったのだけれど、もう少し雑草を刈り込んでおけば蚊の発生が防げたのかもしれない。もうひとつは、次女のさとがおなかにいるときだったので悪阻《つわり》がひどく、その日は次郎を女中に任せ切りにしてしまったこと。結果、日中の暑い時刻に外を歩かせ、疲れさせてしまった。もうひとつは、日本脳炎の予防接種を受けさせていなかったことだ。私は忙しさにかまけて新聞をあまり読まず、檀が嫌っていたためラジオを聞くこともなかった。そのため、日本脳炎の予防接種がどこでどのように行われているかの知識がなかった。あのとき、読むか、聞くかしていたら、と後悔しないわけにはいかない。

　檀には無念さをにじませた口調で「僕が母親だったら子供をこんな病気にはさせない」と言われ、「子供は犬や猫より育てやすいはず」とも言われた。犬や猫は口がきけないが、子供はどこそこが痛いと言ってくれるではないかというのだ。檀がそんなことを口走ったのも、すべては悔しさからだったと思う。頑健さに対して異様なほど自信を持っていただけに、自分の子供がよりによってこんな病気にかかってしまったということがたまらなく悔しかったのだ。

　義母は、大勢の子供を育て上げた自信から、のちにこう書いている。

《座敷に一人座っている一雄に「とんだことになりましたね」と、声をかけると、「ええ」と沈んだ顔でうなずきながら、「次郎はよく、『こんなに蚊に刺されてるとぼくは日本脳炎になっちゃうよ』と言ってたんですけど、まさかねえ」とうなだれ、「この家は蚊が多いんですよ。木は繁《しげ》りっぱなしで、草ぼうぼうでしょう。それに、太郎と次郎と同じ部屋に寝かせてたので、蚊帳《かや》の中にいつも蚊が入ってたんですって。出入りが乱暴ですからね」

　樹《き》や叢《くさむら》の多い石神井に蚊が多いのも、腕白盛りの子供が無頓着《むとんちゃく》なのも分り切ったことでした。夕方早くから蚊取線香をたき、蚊帳を釣ったあとも、子らが寝入るまでは部屋

の隅で蚊遣《かや》りをたくらいのことは、親がしなくて誰がしますか——と、のど元まで出かかった言葉を私はのみこみました》

明らかに私の責任だった。

発病直後は、次郎の持ち物を見るのがつらかった。下駄箱を開ければ次郎の靴があり、タンスの引き出しを開ければ次郎の服がある。次郎の部屋にはまだ脱ぎ散らかされたままの靴下がある。そうしたものを眼にするたびに胸が詰まった。

次郎のことを知った近所の人から新興宗教の勧誘を受けたこともある。肩にたすきを掛けた方が何人かきて、信じれば救われるというようなことを言われた。私は虚《うつ》ろな気持で聞いていたが、誘われるままに本部で開かれる集会に出掛けた。そこに白い装束を身にまとった教祖のような方が出てきたとき、これは違うかもしれないと思った。しかし、こうすれば子供が助かると言われ、試さない母親がどこにいるだろう。一時は、違う、違うと思いながら、御題目を唱えつづけたこともあった。

またあるときは、檀と顔を突き合わせ、将来は、北海道で牧場をやらせようとか、郵便局でも買い取ってやらせようなどと言い合っていたが、それも虚《むな》しい夢とわかるときがきた。次郎は一生寝たきりだということがわかったからだ。

次郎と一緒に死ぬ、ということも考えなかったわけではない。そのころ家に寄宿していた義妹のひとりに、次郎を抱いてどこかに身を投げようか、と口走ったことがある。

義妹は絶句した。すべては私の責任だと思い、暗鬱な気持は癒されることがなかった。それでも、次女のさとが生まれ、発病して一年になろうとするころには、ようやく寝たきりの次郎を受け入れられるようになってきた。

確かに、次郎の病気が家族全体に重くのしかかるものだったことは間違いない。だが、『火宅の人』の主題は次郎の病気にはない。それはただ主題を導く糸口として使われているにすぎない。

《29年 8月9日 奥秩父ニテ落石ニ遭イ、肋骨三本ヲ折ル
30年 8月7日 次郎発病、日本脳炎ト診断サル
31年 8月7日 恵子ト事ヲ起ス》

このようにして、落石の二年後、次郎の発病のちょうど一年後の八月に、『火宅の人』の中心となる出来事、檀のいわゆる「事」が起きたことが記されるのだ。「事」とは、ひとりの女性と深い仲になったことを指して檀が使った言葉である。それは、のちに文章の中で使っただけでなく、決定的な事が起こったあとで、家に帰ってきた檀が、実際に口に出した言葉でもあった。

「僕はヒーさんと事を起こしたからね」

と。

ヒーさんというのは、入江杏子という新劇の女優さんで、私も以前からよく知っている人だった。『火宅の人』では恵子という名前になっているため「僕は恵さんと事をおこしたからね」という台詞《せりふ》になっているが、入江さんの杏子は芸名で、本名は久恵というところから、檀はヒーさんと呼んでいた。

6

入江さんとは九州に住んでいたころからの知り合いだった。戦後すぐに、隆記洋行時代の檀が、福岡で真鍋さんや北川晃二さんたちと作った劇団「珊瑚座《さんござ》」に参加していたのだ。私にも比較的早い時期から檀の好きなタイプの女性であることはわかっていた。それには、入江さんの博多弁も大きくあずかっていたかもしれない。博多は旧制の福岡高校に通っていた檀の青春の地であり、博多弁はなにより青春の日に関わった女性の思い出とつながるものであったからだ。

私と入江さんとの初対面は、瀬高の待鳥さんの家に劇団員の人と一緒に遊びにいったときだった。檀が盛んに「こんど劇団に美人が入った」と言っていたので、どの人だろうと気にはなっていた。劇団員の中にひとり、眼のぱっちりした若い女性がいて、それが檀の騒いでいた人だとわかった。その日は、二手に分かれてジェスチャー大会のようなものをしたことを覚えている。入江さんは、相手をじっと見つめると、かすかに眼が寄る。私にはそれが強く印象に残った。

当時はあまり物資のない時代だったから、帰るときに、待鳥さんのお母様が気を利《き》かせてくださった。

「タマネギがあるけど、要る人はどうぞ持っていって」

すると、檀は他の劇団員を差し置いて、入江さんに声を掛けた。

「入江さん、入江さん、タマネギ持っていったらどう?」

のちに振り返ってみれば、檀はそのときからすでに入江さんが気になっていたのかもしれない。

それからしばらくして、檀は入江さんを隆記洋行の事務員に雇い入れた。入江さんは生命保険会社に勤めていたのだが、劇団の仕事をしてもらうのにも便利だからというのが理由だった。

入江さんには私も好感を抱いた。ぽっちゃりとして、ふわっとした柔らかさを持っている。真鍋さんによれば、「名前を呼んでも、しばらくしないと返事が返ってこない」というほどで、なにごとにも半テンポくらいずれる。それが独特の愛らしさを感じさせるものになっていた。

やがて「珊瑚座」は解散してしまったが、檀が単身で東京で暮らしているとき、入江さんは羽鳥桂さんという親友と二人で芝居を続けたいと上京し、石神井の旅館に訪ねてきたことがあるらしい。檀も責任を感じたためだろうか、親身にその相談に乗ってあげたという。やがて二人は九州に戻っていったが、私が太郎と上京し、南田中に家を構えると、また二人で訪ねてきた。こんどは東京に腰を落ち着けて芝居の道に進むということで、下宿先が見つかるまで一ヵ月余り滞在した。

檀の感情に微妙なものがあるかもしれないと気がつきはじめたのは、入江さんの自転車の乗り方について話しているときだった。南田中に住んでいるときは、石神井の駅まででかなり距離があるため、客があると檀が自転車の荷台に乗せて送っていくことがあった。ある女性は荷台に乗せても、体がくっつかないようにと後ろから腕を突っ張るようにしているが、入江さんは体に両手を廻して抱きつくようにしてつかまる、と嬉しそうに語っていた。

そして、入江さんに出版社の働き口を世話したとき、明らかに檀が特別な感情を持っていることがわかった。檀のよく知っている出版社に作品社という会社があり、その社長さんからひとりなら受け入れてもいいという申し出があったとき、てきぱきとしていて出版社に向いていそうな羽鳥さんではなく、入江さんを紹介したのだ。

やがて入江さんは、檀から滝沢修さんを紹介してもらい、テストに合格して民芸の研究生になることができた。そして、作品社が倒産したあとは、銀座のバーでアルバイトをするようになった。入江さんがバーに勤めなければ、檀ともそれほど深く関わることはなかったろう。檀は入江さんが働くバーに頻繁に呑みにいったばかりでなく、そこが終わると大勢を引き連れて他の店に呑みにいったりした。もちろん、その中に入江さんもいた。

それ以後も、家に宴会があるときなどは呼んで手伝わせていたし、入江さんも気軽に遊びにきていた。来ると、当時、家に居候《いそうろう》をしていた高岩の義弟などと一緒に歌をうたっていた。それに加わっている檀の姿はとても楽しそうだった。あるいは、もうすでに遠いものになってしまった青春のようなものを、無意識のうちに取り戻そうとしていたのかもしれない。

だが私は、檀の特別の感情に気づきはしたが、それがある線を越えるものになるだろうとは思っていなかった。

冗談というばかりでなく、檀が入江さんに結婚を勧めたりしていたからだ。滝沢修さんの奥様が亡《な》くなられたときなど、入江さんに向かって「ああ、それじゃあ、今度はあんたが嫁さんになるといいね」と言っていたくらいだ。しかし、それもあとから考えてみれば、一線を越えそうになる自分を恐れての言葉だったかもしれないと思えてくる。

檀の口から入江さんに対する生々しい感情を聞かされたのは、昭和二十六年のことだった。そのとき、檀は霞町《かすみちょう》の旅館でカンヅメになって仕事をしていた。

ある日、原稿が書けないので口述筆記にきてくれないかと呼ばれてその旅館に行くと、檀がいきなり言った。

「原稿が書けないのは、昨夜ヒーさんに迫って拒絶されたからだ」

入江さんの勤めるバーで夜遅くまで呑んでしまったので旅館に泊めたという。そして、隣の蒲団《ふとん》に寝ている入江さんの体に手を伸ばしたが拒まれた、というのだ。

「そうですか」

私は平静を装《よそお》って答えたが、本当は体が震えるほど驚いていた。好きだということは察しはついていたが、そこまで切迫しているとは思っていなかった。

すべてを了解している旅館の奥さんが、私に同情したのだろう、慰めるつもりで言ってくれた。

「今夜はごちそうにしましょうね。ね、奥さん」

そして、スキヤキを用意してくれた。それなのに、この人生の大事件を前にして、どうせごちそうしてくれるのならスキヤキ以外のもののほうがよかったな、などとぼんやり考えているほど私は馬鹿《ばか》だった。

それ以後の数年で、檀と入江さんとの関係は、膠着《こうちゃく》状態を続けながらじりじりと深まっていったような気がする。

ある日、仕事で六本木の国際文化会館に泊まり込んでいる檀に電話をした。すると、フロントの係の人がうっかり私を入江さんと間違えてしまった。

「入江さんでいらっしゃいますね、檀さんはお帰りが九時頃になるとのことです」

そのとき初めて、もう、堤防が決壊する一歩手前のような状態なのだということを思い知らされた。私は電話を切ると、まるで下手な映画の登場人物のように、家の中をうろうろと歩きまわった。どうしよう、どうしよう、と胸の裡《うち》でつぶやきながら。

国際文化会館から帰ってきた檀にそのことをなじると、逆に、探りを入れるために名前を偽って電話をしたんだろう、と怒鳴りつけられてしまった。そんなことはありません、向こうが勝手に誤解したんです、と抗弁したが、信じてもらえなかった。

私は檀の女性関係については信頼していたが、入江さんは他のバーのマダムやホステスさんとは別だった。私は檀が入江さんに深く心を動かしているということに嫉妬《しっと》した。だから、嫌味のひとつも言うようになった。そのたびに檀は怒り出し、私
いうことを繰り返すようになった。

何かが起きるかもしれないという不安はあった。しかし、起きないだろ
でほしいという思いで、その不安を抑えつけていた。

第二章

1

檀の言う「事」が起きたのは、太宰治さんの文学碑が津軽に建てられ、その除幕式に招かれて蟹田《かにた》町を訪ねた際のことだった。そこに入江さんを同行したのだ。

予定では、檀にとってだけでなく、太宰さんにとっても師にあたる佐藤春夫先生を、奥様ともども御案内することになっていた。ところが、先生に余儀ない用事ができ、欠席されることになった。私もそのことは聞いていたし、その代わりというわけではないが、親しい編集者のひとりである筑摩書房の野原一夫さんと御一緒することも知っていた。しかし、そこに入江さんを連れて行くことはまったく聞かされていなかった。そのことはまた、上野駅で合流するまで野原さんも知らなかったという。

それにしても、檀はどうして入江さんを津軽に連れていったりしたのだろう。佐藤先生がいらっしゃらないとしても、井伏鱒二先生は出席されることになっていた。檀にとって、井伏先生は若いときから煙たい存在だったはずである。文学青年時代、檀は太宰さんと無茶な遊び方をしていたという。もつれあうように生きていた、という言葉を聞いたこともある。太宰さんの文学上の後見人である井伏先生の眼には、太宰さんから読んだり書いたりする時間を奪う悪友のひとりと映っていたのではないだろうか。少なくとも、檀は井伏先生には頭が上がらないという感じを抱いていた。その井伏先生がいらっしゃるところへ、それも太宰さんの文学碑の除幕式という大事な場所に、誰とも素性の知れない若い女性を伴うことは、意外なほど常識を重んじる檀にとって、ずいぶんと勇気がいることだったはずである。それでもなお連れていったのは、檀にいくらか焦《あせ》りがあったからかもしれない。

当時、入江さんは劇団民芸の研究生から正式な劇団員になったばかりだったが、この年、ゴーリキーの『最後の人びと』という芝居では準主役級の大役に抜擢《ばってき》されていた。檀は日ごろから気になり、強く牽かれている入江さんが、いよいよ自分の手の届かない遠くに行ってしまうような不安が兆《きざ》してきたのだろうと思う。私には、檀が毎年八月に何か不吉なことが起こるという、いわば「魔の八月」とでもいうものの暗示にかかったというより、その焦りから「事」を起こしたと考える方が納得がいく。

もしそうだとすれば、たとえそれが八月の津軽でなくとも、いつか、どこかで「事」は起きたことになる。のちに檀が家を出るようになって、私たち夫婦は別々に佐藤先生のお宅に呼ばれたことがある。そこで奥様の千代夫人が、「あのとき私たちが行っていれば、こういうことにはならなかったのにね」と詫《わ》びるようにおっしゃってくださったが、いずれ遠からず「事」は起きていたに違いないのだ。そうお答えすると、佐藤先生は「うん、そうだろうな」とうなずかれた。もちろん、それがいつ、どういうかたちだったかはわからないことであったけれど。

文学碑の除幕式が終わっても、檀は帰ってこなかった。私はきっと他の参会者の方たちと津軽を旅行しているのだろうと思っていた。

しかし、不思議だったのは、旅先からまったく連絡がこないことだった。前年から檀は読売新聞で連載小説を書いていた。その年の春までは『夕日と拳銃《けんじゅう》』、そして夏からは『少年猿飛佐助』が始まっていた。そのため、旅行に出て原稿が遅れたりすると、必ず家に連絡が来るようになっていた。だが、このときにかぎって連絡が来ない。どうしたのだろう、とぼんやりした不安を感じていた。あるいは、いろいろな人と一緒なので連絡しづらいのかなとも思った。

ところが、それから数日したある日、読売新聞の文化部の方から電話が掛かってきた。旅行に出ていて家にはいないと言うと、まだ湯河原においでですか、と言う。原稿の段取りをつけるために、檀が湯河原から電話をしたらしい。しかし、それでも、私はそこに入江さんの存在があるとは思わなかった。津軽で一緒になった親しいどなたかと遊んでいるのだろう、というくらいに考えていたのだ。

初めて妙だなと思うようになったのは、別の社の原稿を書くために、直接どこかの印刷所に入ってしまったらしい檀が、これから家に帰るという電話を掛けてきたときだった。

私が受話器を取ると、

「もしもし、奥さんですか」

と言ったのだ。

ふだんの檀なら、「おっかんですか」とか、「ヨソ子？」とか呼びかけるはずだった。女中が出ているならともかく、私に対して「奥さんですか」はないはずだった。その奇妙な電話の掛け方に、あるいは傍に誰かがいるのかもしれないな、と思った。

檀が帰ってきたのは夜遅くなってからだった。それを待っているうちに、私の不安はしだいに大きなものになっていった。夜が更《ふ》けるにしたがって、さまざまな想像はひとつの結論に向かうことになった。もしかしたら……。

帰ってくると、手持ちの金では間に合わなかったからと、外で待っている運転手のところにタクシー代を払いに行かされた。

あとで知ったところによれば、湯河原から東京に戻ってきた二人は、そのまま別れることができず青山の入江さんのアパートに寄ったが、それでもまだ別れがたく、印刷所から石神井に帰る檀のタクシーに入江さんも乗ってきたのだという。石神井に近づいてくるにつれ、さすがにどうすることもできず、檀は南田中の義母の家に立ち寄り、入江さんを預けることにした。義母は福岡で隆記洋行の事務員をしてくれていた入江さんをよく知っており、東京に来てからも何かと会う機会があった。勘のいい義母は、檀から何の説明も受けなくとも、二人の様子を見ればすべてを察することができたろう。そして、それについての批判的なことはいっさい口にしなかっただろう。

私がタクシーの運転手に代金を払って寝室に戻ってくると、蚊帳《かや》の中に入っていた檀が、これだけは申し伝えるといった改まった口調で言った。

「僕はヒーさんと事を起こしたからね」

僕はヒーさんと事を起こした。そのひとことで私にはすべてが理解できた。動揺を抑え、私は言った。

「湯河原はいかがでした」

すると、檀はびっくりしたように言った。

「どうして知っているんだ」

「そんなことくらいわかります！」

私は切り口上で答えた。

そのとき、私が泣いたり叫んだりしなかったのは、どこかで「ついにくるものがきた」という思いに打たれていたからかもしれない。恐れていたこと、そして来ないではしいと願っていたことがついに現実のものになってしまった。その深い動揺が、逆に私を冷静に振舞わせた。

しかし、私の頑張りもそこまでだった。やはり不安が現実のものになったという思いと、裏切られたという悔しさで私は涙を流しはじめた。

「明日の朝、出ていきます」

しばらくして私が言うと、檀は困惑したような口調で言った。

「馬鹿なことを言うな。十年も一緒にいるじゃないか」

確かに結婚して十年になる。だが、それがどうしたというのだろう。

「十年が何です」

私が言うと、檀は叱《しか》りつけるように言った。

「そんな、純文学みたいなことを言うな」

もしこれを他人が聞いていたら、ずいぶんと滑稽《こっけい》なやりとりに感じられたことだろう。しかし、そのときの私には、それを滑稽と感じる余裕はなかった。

檀は台所から酒を持ってくるよう命じた。私は肴《さかな》の用意もせず一升瓶のまま持ってきた。いつもは何か食べながらでなければほとんど呑《の》まない人だったが、その夜は一升瓶から酒だけをぐいぐいと呑みつづけた。

そして私が身じろぎもしないでいるかたわらで、やがて檀は荒い寝息を立てて眠りはじめた。私にはそれがまた腹立たしかった。どうしてこんなときに眠ることができるのだろう。私がこんなに苦しんでいるというのに、どうしてひとりだけ眠れるのだろう。あなたも一緒に苦しみなさい、と言いたかった。

それにしても、このとき、檀は私がどのように対応すると思っていたのだろう。いや、どう振舞うことを望んでいたのだろう。実は、何も成算はなかったのかもしれない。だが、少なくとも、私が家を出ると言いだしたことは、予想外のことだったに違いない。何といっても五人の子供がいるのだ。太郎は血がつながっていないからということで納得できても、小弥太やふみはまだ幼い。しかも、次郎という寝た切りの子供がいて、さとという乳飲み子もいる。それらすべてを置いて出て行くなどとは考えてもみなかったのだろう。

しかし奇妙なことに、そのときの私の頭の中からは、子供のことがすっかり抜け落ちていた。許せない、耐えられないという思いで身を焦《こ》がしていたからだ。

2

夜が明けてきても、私はまだ眠れなかった。

どう考えても許せなかった。私は私なりに檀に尽くしてきた。もちろん、尽くすということが何か特別なことだったとは思わない。戦前に生まれ育った女である私は、檀に対してというばかりでなく、夫たる男性に対して、尽くすということより他に接する方法を知らなかっただけなのだ。おまけに、その尽くし方も、愚かしく不器用なものだったと思う。しかし、それはそれとして、裏切られたという怒りが込み上げてくるのを抑えることはできなかった。家を出よう、と思った。このまま家に留まることは、愛人の存在を認めることになる。それはいやだった。

昔、瀬高の酒問屋の一軒に豪傑がいて、れっきとした奥さんのいる家にお妾《めかけ》さんを同居させていた。奥さんはとてもよくできた方で、そんな御主人の仕打ちにじっと耐えていらした。しかし、娘時代の私は、そのひどい御主人やお妾さんよりも、奥さんに対して批判的だった。ああいうのはいやだな、私だったらあんなことは絶対に我慢しないのだが、と思っていた。

檀が入江さんと「事」を起こしたのを知って、私が家を出ようと決心したのは、このまま二人の仲を認めて家に留まれば、私が娘時代に嫌っていた、あの妻妾同居《さいしょう》の奥さんと同じことになってしまう、それは耐えられない、という思いがあったからだった。

そしてもうひとつ、これが浮気といった言葉で片づくものとは思えなかったことがある。浮気性の男のしたことなら「またか」と諦《あきら》めることもできたかもしれない。だが、残念なことに、檀は浮気性の男ではなかった。しかも、檀のこれまでの様子を見てきて、入江さんとのことが単なる一過性の浮気といったものでないことはよくわかっていた。檀の昨夜の告白は、過《あやま》ちを謝罪するものではなく、昂揚《こうよう》した気持を抑え切れずに宣言してしまったという気配が濃厚だった。

檀への怒りの矛先《ほこさき》は、相手の入江さんにも向かった。私は入江さんを知っているし、入江さんも私を知っている。いや、単に知っているというだけでなく、以前には短期間であったが一緒に暮らしたことさえある者同士なのだ。すべての責任が檀にあるのは明らかだが、そこまで行ってしまう前に、入江さんが身を引いてくれてもよかったはずだという思いが私にはあった。もし、相手が入江さんでなければ、その後の私の行動もいくらか違ったものになっていたかもしれない。

翌朝、私は家を出ることにした。家を出て、ひとりで生きていこうと思った。興奮していたせいだろうか、依然として子供のことは考慮の外にあった。

いや、こう考えたことを覚えている。子供は私がいなくても大丈夫だろう。太郎はもう大きい。次郎は住み込みの看護婦がきちんと面倒を見てくれているし、幼いさとも女中がなんとか世話をしてくれるだろう。小弥太にもふみにも、何年かして大きくなったら会うことができる。子供は大丈夫なはずだ……。

ふつうの母親なら、まず子供たちのためになんとか我慢するということになるのだろうが、そのときの私には家を出ることの方が大事だった。

今日にでも家を出ていこう。だが、出ることは決めても、どこへ身を寄せたらいいかの当てがなかった。九州の実家に戻るつもりはなかったし、御殿場に住んでいる妹夫婦の世話になりたくもなかった。だからといって、東京には誰も頼れる人がいなかった。知人がいないというわけではなかったが、こんな場合に面白半分に騒ぎ立てたりせず、暖かく迎え入れてくれ、親身な相談に乗ってくれそうな人というとなかなか思いつかなかった。

そのとき、ふと頭に浮かんだのが、しばらく前に臨時の手伝いに通ってきてくれていたおばさんだった。上品でやさしい人だったということもあるが、あるときそのおばさんが洩《も》らしたひとことが強く記憶に残っていたこともあった。

「うちの主人は近所のどなたからもいい御主人ですねと言われるけれど、私にとっては少しもいい主人ではないんですよ」

あのおばさんならわかってくれるかもしれない、相談相手になってくれるかもしれないと思えた。

しかし、迂闊《うかつ》なことにそのおばさんの住所を控えておくのを忘れていた。私はおばさんを紹介してくれたお宅に足を運び、住所を訊《たず》ねた。だが、なぜかそのお宅でも、住んでいる町名がわかる程度で正確な住所はわからなかった。私はそのおばさんを頼っていくことを諦めざるをえなかった。

私にはもうひとり、あの人ならたぶん相談に乗ってくれるだろうという心当たりの人物がいた。正確な住所はわからなかったが、知る方法がなくもなかった。それは鎌倉に住んでいるはずの待鳥京子さんだった。

待鳥姉妹とは、私たちが福岡から東京に移り住んでいたため、しばらく疎遠《そえん》になっていた。そのあいだに私の同級生だった波江さんは結核で亡《な》くなっていたが、やがて姉の京子さんと妹の富士子さんの二人で東京に出てきた。それを知って、檀と二人で阿佐ヶ谷の住まいを訪ねたことがあった。以後、何度か往復があったが、「こんな状態だと、いつか野垂れ死にしてしまうよ」と檀が心配して言った言葉が京子さんのプライドを傷つける結果になり、また交渉が途絶えてしまった。気にはなっていたが、転居した先の住所がわからないまま、何年か過ぎていた。

ところが、「事」が起きる少し前に、妹の富士子さんからの手紙が届いて消息がわかった。富士子さんもやはり結核のため清瀬《きよせ》の国立療養所に入っており、姉の京子さんは、灘《なだ》の酒造家が持っている鎌倉の別荘の管理人のようなことをしているとあった。

私が家を出ようと思ったとき、真っ先に頭に浮かんだのは京子さんが管理をしているというその別荘だった。そこならしばらく厄介になれるかもしれない。しかし、京子さんに家を出てきた理由を説明することに、ほんの少しためらいがあった。できることなら、誰か別の人の方がよかったが、そうも言っていられなくなってしまった。私は京子さんの管理している別荘の場所を教えてもらうため、清瀬に富士子さんを訪ねることにした。

身のまわりの物を小さなバッグに詰めると、私は庭で衣類を焼いた。檀にとってそれは、家を出ようとしている妻の思いつめた行為に映ったらしい。自分が買ってやった着物を怒りをもって焼いているのだ、と。しかし、私には檀に買ってもらった上等な着物を焼くなどということは思いもよらないことだった。そのとき私が燃やしていたのは、家を出るなら処分しておくべき古い下着や端切《はぎ》れといった不用品にすぎなかった。万一、他人が家に入ることになったとき、開けられたタンスや押し入れの中に、見られて恥ずかしいものを残しておきたくなかったのだ。

そうは言っても、私は燃え上がる炎を見つめながら、自分の決意の固さを確かめているようなところがあったかもしれない。そしてその姿には、燃やしているものが何であれ、全身から頑《かたく》なな拒絶の気配が漂っていただろうことは間違いない。檀の言葉はまったく聞こえなかった。いや、耳には届いても、心にまでは響いてこなかったのだ。

それが終わると、私は檀に言った。

「出て行くので、お金をください」

檀は一瞬迷ったようだった。私の決意が固そうなのはわかっていた。家を出ると言っている以上、いくらかの金は渡さなくてはならないだろうが、あまり多く渡してしまうとそのまま戻って来なくなるかもしれない。少なすぎると、困らせることになる。いくらが妥当なのだろう。私には檀が思案しているのがわかった。結局、財布から札を五万円抜き取ってくれた。そのとき、当座に必要なお金としてはずいぶん多いなと思ったことを記憶している。

私は興奮した勢いでハイヤーを雇った。それまで自分のためにハイヤーを雇うなどという贅沢《ぜいたく》をしたことはなかったが、このときはそれくらいのことは許されるはずだと感じていた。荷物は落ち着き先が決まったら送ってくださいと頼み、

「お世話になりました」

と言い残して玄関を出ようとすると、檀が言った。

「一週間は待っている」

私はその言葉を背に、玄関の戸を閉め、ハイヤーに乗り込んだ。ハイヤーが動き出した瞬間、いつものようにサッと踵《きびす》を返し、次の行動に移った檀の姿が脳裡《のうり》に浮かんだ。ハイヤーには、清瀬の国立療養所に行ってもらった。

私が家を出てきたことを告げると、富士子さんはとても驚いていた。しかし、京子さんのところを頼っていくつもりだと言うと、別に反対もせず住所を教えてくれた。

3

待鳥京子さんが管理をしている別荘は鎌倉山にあった。東京駅から横須賀線に乗り、大船で降りてタクシーに乗った。別荘に着き、事情を説明すると、待鳥さんはほとんど無駄なことを言わず、私に茶室風の六畳を与えてくれた。

待鳥さんには、とにかく私はひとりで生きていくつもりだ、ということを強く言った。そのときの私には、どんなことをしてもひとりでやっていこう、たとえビルの掃除のような仕事でもいいから探して働こう、という張りつめたものがあった。

いま思い出してみても、そのときの昂揚した気分はなかなか悪くなかった。体が軽く、すっきりとした気分だった。別荘が素晴らしかったということもあったかもしれないが、なにより、私にとっては自分の人生を自分の意志と力で切り開いていこうとした初めての経験だったからだろう。片瀬の海岸で打ち上げられる花火を、別荘の濡《ぬ》れ縁《えん》に坐《すわ》り、自分でも信じられないほど晴れやかな気持で眺めていたものだった。

その夜、檀に手紙を書いた。別荘の書斎を借り、長い手紙を書いた。そこで私は心の裡《うち》を率直に述べた。あなたは好きだということ、いや、いまでも好きだと思うということ、しかし、愛人だかお妾さんだかがいる御主人に仕えるわけにはいかないということ。煎《せん》じ詰めれば、その二つのことだった。あるいは、檀に対する思いをこれほど率直にあらわしたのは初めてのことだったかもしれない。

何日かすると、檀から返事が届いた。そこには、家を出るというあなたの取った方法は最悪の解決策だったように思えるということ、しかし出てしまったものは仕方がないから取りあえず身の振り方が決まるまで吉浜《よしはま》の紀《きの》さんの家に世話になったらいいのではないかということ、子供はあなたが引き取ってもいいし自分が育ててもいいということ、などが書いてあった。

鎌倉山での日々は安らかなものだった。しかし、しばらくすると、待鳥さんが親しくしている弁護士の男性がやってきて、婉曲《えんきょく》にここから出ていくようにと告げられた。この別荘も待鳥さんが管理をしているだけの家で、永くあなたの面倒を見るわけにはいかない。あなたはあまり待鳥さんに迷惑をかけないで、やはり家に帰った方がいいのでははないか、というのだ。そしてまた、待鳥さん自身からもそれとなく出ていってほしいということを言われた。

どうしよう、と思った。家に帰るつもりはない。実家や妹の家に厄介になるつもりもない。では、これからどうしたらいいのだろう。どこかに、今後の方針を決めるあいだだけでも世話になれる家はないだろうか。あれこれ考えているうちに、私の頭の中では、檀の手紙に書いてあった吉浜の紀さんの家の存在がしだいに大きなものになっていった。吉浜というのは真鶴《まなづる》と湯河原のちょうどあいだにある町で、紀さんはそのみかん山に住む御老人だった。

紀さんとは、以前、持っている古書を買ってくれないかと石神井の家を訪ねていらしたことから知り合いになった。檀は、紀さんがみかん山にひとりで暮らしていると聞いていたので、そこならしばらく滞在させてもらえると思ったのかもしれない。吉浜なら大船からそう遠くない。私も、身の振り方が決まるまで、そこに厄介になれるものならなりたいと思うようになった。しかし、私がいきなりひとりで行っても、紀さんに受け入れてもらえるかどうかわからない。そこで、私は檀に紹介状を書いてもらうことにした。夫に腹を立て、家を飛び出した妻の行動としてはずいぶん奇妙なものだったかもしれないが、それ以外に紀さんに納得してもらえそうな方法が思いつかなかったのだ。

鎌倉山に届いた手紙から、檀が入江さんと山の上ホテルに暮らしていることはわかっていた。ホテルに電話をすると、檀が直接出てきた。用件を伝えると、わかった、すぐ会おうと言ってくれた。東京駅に着いて、山の上ホテルに電話をし、御茶ノ水駅近くの喫茶店で会うことになった。

そこで檀は、私を諭すような口調で言った。

「もういちど檀一雄の妻としてやっていく気はないか」

しかし、私は聞く耳を持たなかった。喫茶店から出ると、私の靴が破れているのを眼に留めた檀が、途中の靴屋で靴を一足買ってくれた。私は結構ですと断ったが、檀は遠慮をするなと言った。そこから近所の小料理屋に行き、私の望むような紹介状を書いてくれた。文房具屋で買った便箋《びんせん》の中には、私が家を出ていることにはまったく触れず、病気なので暖かいところで養生させたいというようなことが書いてあった。そして檀は、別れ際《ぎわ》に、通りがかりの蒲団《ふとん》屋に入り、その場で寝具を一揃《ひとそろ》い買うと、吉浜の紀さん宅に送る手筈《てはず》を整えてくれた。

翌日、鎌倉山から吉浜に行き、檀の紹介状を見せると、紀さんは「こんな家でよければ」と歓迎してくれた。

話に聞いていたとおり、紀さんは広いみかん山に建つ広い家にひとりで住んでいた。困ったのは、紀さんが、私のことを病気だと思っていることだった。しかし、私の元気な様子から肺病とか心臓病とかではないことはわかったのだろう。子宮筋腫《きんしゅ》ですか、などと探るように訊ねてくる。そのたびに、ええ、とか、まあ、とか口を濁さなければならなかった。

眺めのいいみかん山に落ち着いてみると、興奮していた頭もいくらか冷静になってきた。すると、御茶ノ水で靴を買ってくれたり、蒲団を送ってくれたりした檀のやさしい心遣いが思い出され、ふと心が溶けかかる瞬間もあった。

ところが、八月下旬のある日、紀さんの甥《おい》に当たる方が訪ねてきた。その方が、新聞を持っていて、これに檀さんの小説の広告が出ていましたよ、と手渡してくれた。私は、それを見て、凍りつきそうになった。檀は「別冊文藝春秋」に「残りの太陽」という小説を書いていた。広告によれば、「不惑の声を聞き、敢《あ》えて新しき恋に生きんとする作家檀一雄の告白」だという。

私は山を下り、バスに乗って、真鶴駅前の本屋に行った。雑誌を手に取ると、その場で「残りの太陽」が載っている頁《ページ》を開いた。そこには、つい先日、檀が津軽で起こした「事」の一部始終がそっくり書かれていた。

《「もう眠ったの、もう眠った?」

二度ばかり聞いてみたが、恵子はウンともスウとも答えなかった。

酔いと疲れからだろう、私も自分で知らぬまにグッスリと眠りこんでしまっていた。

気がついてみると一丈ばかり上に見える高窓がうっすらと仄明《ほのあか》って見えた。月光か……。それとも曙光《しょこう》であるか。

その弱い反照を浴びて、恵子の青白い顔が浮いている。私は矢庭に這《は》い出して、恵子の唇の上に真横から私の唇を重ねていった。

起きていたようだ。細い絶え絶えの嗚咽《おえつ》の声があがっている。私はその涙を毛髪の方に繰り返しなで上げていった。》

名前は変えてあるが、事情を知った人が読めば誰が誰だかすぐわかる。私は怒りに震えた。

檀は、なぜこんな短期間に、この出来事を文章にしてしまったのだろう。「事」が起きたのが八月の七日、檀が私にそれを告げたのが十二日、そして雑誌の広告が出たのが二十八日だ。まるで、書くために「事」を起こしたとしか思えないほどの早さである。

もちろん、書くために「事」を起こしたなどということはないはずだ。締切が迫っているにもかかわらず他に書くことがなかったのか、このときにはこれこそ書きたいことだったのか、そのどちらかだろう。

これを書いたとき、檀には私に対する憤り《いきどお》があったと思う。非は明らかに檀にあるが、家を出ていったことが許せなかったのだ。私が檀一雄の妻の座を捨てようとしたことで傷ついた。あの晩、出ていくという私に、そんなことをしたらどうなるかわからないぞ、といった意味のことをチラリと口走った。確かに、私が家を出ず、じっと耐えていたら、書けなかっただろう。私には、これは一種の腹いせだと感じられた。

檀は私が家を出たから「残りの太陽」を書けた。その「残りの太陽」は、のちに『火宅の人』の第一章の原型となったものだ。とすれば、もし私が家を出なければ、『火宅の人』は書かれなかったかもしれないということになる。少なくとも、現在のものとはかなり異なるものになったことは間違いない。

私は腹を立てていた。雑誌を買い求め、みかん山に戻って読み返した。そして、あらためて怒りを覚えた。勝手すぎる。溶けかかった心がふたたび凍ったように思えた。

しかし、その怒りは怒りとして、これからどのようにして生きていったらいいかということになると、まったく展望がひらけてこなかった。掃除婦をしてでもという覚悟だけはあったが、それは空廻りをして私を具体的な行動に踏み切らせなかった。

4

吉浜のみかん山に厄介になって二週間近くが過ぎた。石神井からは、送ってくれるよう頼んでおいた荷物がなかなか届かない。バッグには当座に必要な物しか入れてこなかったので、着る物にだんだん困ってきた。

ひとまず荷物を取りに家に戻ってみようと思った。

いまになれば、どうして家に戻ろうなどと思ったのかよくわからないところがある。本当に衣類を取りに戻るだけのつもりだったかどうかも自信がない。そう思いたくはないが、ひとりで生きていくことに心細さを感じるようになってしまったのかもしれない。やはり私は、石神井の家でなければ生きていけないと思いはじめていたのかもしれない。もしかしたら、深いところで途方に暮れていたのかもしれない。しかし、自分ではそれを認めていなかった。あくまでも着る物が必要なので取りに戻るのだと思っていた。実際、みかん山を引き上げるという用意をして家に戻ってはこなかった。身のまわりの物を入れたボストンバッグは紀さん宅に残していたし、東京へはハンドバッグひとつで出てきていた。

だが、ひとつだけはっきりしていることがある。悲しいことに、家に戻ったのが、子供恋しさではなかったことだ。

家の前に立ち、玄関の戸に手を掛けたとき、何と言って入ったらいいのか迷った。ただいま、なのか、こんにちは、なのか。迷った揚げ句、

「ごめんください」

と言いながら入っていった。

その声を聞いて玄関に出てきたのは、南田中にいるはずの義母だった。義母は私の顔を見ると、まあ、でもなく、お帰り、でもなく、少しうろたえたように奥にいる女中の名を呼んだ。

「サエさん、サエさん！」

その瞬間、義母は私が帰ることを望んでいないなと感じた。

義母は立派な人だった。だから、これまでも、嫁である私を疎《うと》んじるなどという愚かしいことはもちろん、姑《しゅうとめ》特有のいやらしさといったものをまったく見せたことのない人だった。しかし、すべてに作家としての檀一雄を優先する気持が強かった。のちに、女中に話を聞くと、私が家を出ると、檀は南田中に義母と入江さんを迎えにいったらしい。そこで、石神井に来た義母は檀に言ったという。ここにこうしていても仕事はできないでしょう。この家のことは私が切り盛りするから、あなたは外に出て入江さんと暮らしなさい。そのようにして、檀と入江さんを山の上ホテルに送り出したらしい。

義母は私たち夫婦の部屋に寝泊まりしていたが、そこには「これから私がこの乱れてしまった家を立て直すつもりだ」という、檀のすぐ下の妹に宛《あ》てた書きかけの手紙が残されていた。私が家に帰ってきたときというのは、義母が自分の手で檀一雄の家庭を再建しようと決意し、着手しはじめたところだったのだ。私には、世間知らずだが向こう見ずで頑固なところもある。出ていったからには戻るまい、と思われても仕方ない部分があった。

だが、そのときの玄関先での義母の態度は、主婦としての私の本能に火を点《つ》けることになった。負けないぞ、となぜか思ってしまったのだ。やはり、私がこの家にいなくてはならない。帰ってこよう、と決心した。

家に戻ってきたものの、居心地の悪い居候《いそうろう》のような状態が続いた。家の切り盛りをしている義母も、いったん家を出た嫁をどのように扱っていいかわからないようだった。

そこで、これからどのように暮らしていったらいいかを話し合うため檀に来てもらった。その話し合いには、檀の親友である水田さんと坪井さんが同席した。

結論は、私がこの家に帰って子供の面倒を見るということ、生活費としてある連載の原稿料をそっくり渡してくれるということ、檀は外に出て暮らすということになった。

そこに落ち着く前に、義母がひとつの提案をした。

「姑息《こそく》な手段だとは思いますが、ヨソ子さんはしばらく別に暮らしたらどうでしょう」

そこには、この家は私が立て直しますから、という意味がこめられていた。すると、意外にも檀が腹立たしそうに言った。

「そうすると、私はヨソ子のところに通うということになるんですかね」

義母にしてみれば、檀がそのような反応をするとは思っていなかっただろう。頭のいい義母は、それ以来、入江さんとの問題について私たちに口をはさむことをしなくなり、二、三日後には方針を変更して南田中の家に引き上げていった。

私は、女中や看護婦という大人の女の視線をヒリヒリ感じつつ、主婦としての仕事を再開した。

この別居がそのまま離婚につながるものかどうか、それを不安に感じていたという記憶はない。檀が子供たちにどれくらい思いを残しているかが気になってはいただろうが、離婚になればなったで仕方がないという開き直りもなくはなかった。私は檀に対して、これからはあなたのことを、夫としてではなく、子供たちの父親としてだけ受け入れます、と言ったりした。

それにしても、あの夜、どうして檀は私に入江さんとの「事」を告白したのだろうか。黙っていてもやがて察知していたと思うが、面と向かって宣言されるのとは違った結果になっていただろう。檀も、友人たちに、どうして自分からしゃべったりするんだ、とずいぶん叱《しか》られたらしい。女房に知られたら、そこで初めて謝ればいいのだ、と。

しかし、私には言ってしまいたかった檀の心の動きがわからないでもない。檀には隠し事を恐れるところがあった。隠し事をしていて、それが知られたときに恥ずかしい思いをするのがいやだというところがあったのだ。

以前、こんなことがあった。坂口安吾さんと熱海の旅館に逗留《とうりゅう》したとき、芸者遊びをしたとかで性病にかかってしまった。

ある日、庭で洗濯物を干していると、突然、檀がやってきて一緒に近くの病院へ行こうと言いだした。淋病《りんびょう》にかかってしまったというのだ。そういえば、私にも妙なおりものがあり、どうしたのだろうと不安に思いはじめていた矢先のことだったので、合点がいった。

普通の男性なら、芸者遊びをして性病にかかり、それを妻にうつしてしまったら、しばらくはどうしようと悩んだり、わからないように処理しようとしたりするものなのだろうが、そこをグズグズしないのがいかにも檀らしかった。

二人で病院に行くと、そこである雑誌の編集者に出喰わしてしまった。すると、その人にまで性病にかかってしまったことを話してしまう。

「ちょっと病気にかかってしまいましてね。女房にもうつしてしまったもんですから、注射を打ってもらいにきたんです」

あとで、何もそんなことまでしゃべる必要はなかったのではないかと言うと、あんな病院に夫婦で来ていれば、しゃべらなくても察しはつくものさ、と言った。それもやはり、あとで露見してバツの悪い思いをするのがいやだったからなのだ。

その意味では潔《いさぎよ》い人だった。

津軽での「事」を告白されたときは許せないと思ったが、少し落ち着いてからは、やはり言っておいてくれてよかったと思うようになった。あれこれ憶測して嫉妬《しっと》に身を焼くより、むしろはっきりした分だけすっきりしたところはあるからだ。鎌倉山で味わった爽快《そうかい》な気分は、別荘の素晴らしさばかりでなく、一時的にではあれ嫉妬から解放されたという軽やかさからくるものでもあっただろう。しかし、だからといってすべてを許す気にはなれなかった。それとこれとは別だった。

第三章

1

檀は、依然として入江さんと山の上ホテルに居つづけたままだった。

そうしたある日、檀から電話が掛かってきた。新橋の小川軒に来てほしい、話がある、というのだ。

以前から、檀は新橋の小川軒をよく利用していた。最初は吉田健一さんに連れていかれたと聞いたような気がする。小川軒には牛の舌と尻尾の肉にそれぞれおいしいシチューがあり、檀は行くたびにどちらにしようか迷っていたという。タン・シチューも食べたし、オックス・テールのシチューも捨てがたしというわけだ。それを見かねて、小川軒の御主人が舌と尻尾の肉を一緒にしたシチューを出してくれるようになった。檀はそれをタン・シチューならぬダン・シチューと名付けて喜んでいた。

しかし、その夜、私たちが食べたのはダン・シチューではなかった。何かを食べたはずだが、それが何だったかはどうしても思い出せない。ただ、ダン・シチューでなかったことだけは覚えている。

私が先に着き、二階の小部屋で待っていると、しばらくして檀がやってきた。

そこで檀が話したかったことというのは、やはり入江さんに関してのことだった。入江さんの弟さんに会うことがあり、その際、こういう状況になったからにはなんらかの責任を取るつもりだと言ったらしい。何かがあったときには、少なくとも家の一軒くらいは持たせてやるし、ひとりできちんと生活していけるように本の一冊も書いて渡すつもりだ、と。しかし、当の弟さんによれば、この時期の檀とはまったく会ったことがないという。あるいは、弟さんにかこつけて、自分が入江さんに対してどれほどの思いを抱いているかを伝えたかっただけなのかもしれない。だが、「何かがあったとき」というのは、二人の仲が終わったときを意味するはずだった。私には、入江さんとのことにも「終わり」があるのだということを、それとなく告げられているような気がしないでもなかった。

だからといって、檀が入江さんと別れるときのことを想像することはできなかった。周囲の人は誰も、ああいうことは長続きしないからいずれ石神井の家に戻ってくることになる、と言った。しかし私には、二人の行く末を見通すことができなかった。いや、二人だけではない。私を含めた三人の未来が見えてこなかった。私は、檀が入江さんと別れられないのではないかという恐れを強く抱いていた。

帰りは、新橋からタクシーで送ってくれた。檀は途中まで乗っていたが、降りる寸前、不意に私の手を取ると、少し激した口調で、鎌倉からの手紙であなたの気持はよくわかったが自分は寂しかったのだ、もっと愛情の表現をしてほしかったのだ、という意味のことを言った。しかも、ほんの少し涙ぐんでいる。檀が、私にもなにほどか心を残しているということに、胸を衝《つ》かれた。

タクシーから降りた檀が、これから入江さんと会うということはわかっていた。小川軒にいるときから腕時計をチラチラ見ていた。待ち合わせの時間に遅れることが心配なのだろう。もちろん、それに対する嫉妬《しっと》がなかったわけではない。しかし、そのことと、もっと愛情の表現をしてほしかったと薄く涙ぐむ檀に対して、同情とも、愛情ともつかない感情が生まれることとは矛盾しなかった。

私は、本来、自分がさほど感情を表に出すことを嫌う性格だったとは思わない。のんびりはしていたが、内向的ではなかったはずだ。少女時代は他所《よそ》に行くのが好きで、親類の家に泊まるのが大好きで、両親に名前のつけ方を間違えた、ヨソ子などとつけるのではなかったと嘆かせたくらい外向的だった。女学生時代はむしろ目立ちたがり屋のところさえあったくらいだ。最初の結婚をし、夫に先立たれたことも、さほど私の性格を暗いものにしたとは思えない。

もし少しでも変わるところがあったとすれば、それは檀と結婚してからのことだったように思う。私はどこか臆病《おくびょう》になった。檀の妻になったことではなく、太郎の継母となったことによって。いや、たとえそれが太郎の継母でなくとも、人は誰かの継母となることで臆病になるような気がする。継子に対するひとこと、ひとつの行為が、すべて継母という視点で解釈されてしまう。継母は何をどうしても継母でしかありえない。継母はそのことによって臆病になってしまうのだ。その結果、必要以上に遠慮したり、逆に厳しくなりすぎたりする。最初のうちは、私も御所人形のようにかわいい太郎の継母としてやっていくことに喜びを感じていた。ところがある日、檀がこれまでの習慣で、サッと太郎を抱き取ると肩車に乗せ、二人で家を出ていってしまうということがあった。私はひとり取り残されたように感じられ、急に寂しくなった。しかし、これが自分のおなかを痛めた子なら、檀がそのように扱ってくれることを、むしろ嬉《うれ》しく感じたのではないか。少なくとも、取り残されたとは感じなかったはずだ。そう思った瞬間、果たして自分は継母としてやっていけるだろうかと不安になった。そして、実際、太郎の面倒を見ているうちに、しだいに自信がぐらつき、臆病になっていく自分を感じるようになっていった。

だが、それは決定的なことではなかった。やはり、次郎の発病が私の心を閉ざしてしまっていたのだろう。

2

その年の九月下旬、檀は文芸家協会の文化代表団の一員として中国を訪問することになっていた。十月一日の国慶節に招かれていたのだ。メンバーは、檀の他に、詩人の草野心平さん、作家の小田嶽夫さん、写真家の浜谷浩さん、それに私たち夫婦の仲人《なこうど》でもある与田準一さんなどがいらした。

檀は依然として入江さんと山の上ホテルで暮らしていたが、ついに一度も家に戻ることなく、ホテルから直接羽田空港に行き、中国へ旅立った。北京に住む義妹夫婦に会えることを楽しみにしてはいたが、最も熱の高いころだったから、檀も入江さんと別れて外国に行くのはつらかったかもしれない。だからというわけでもないが、檀は皆さんよりだいぶ遅れて中国に向かった。日本を離れるに際して片付けておかなければならない仕事が山ほどあったのだ。

香港を経由し、広州から北京に入り、ようやく和平賓館に滞在している代表団の皆さんと合流した。

そのメンバーのひとりだった作詞家の江間章子さんが、檀の死後にお書きになった「心を打った男たち」というエッセイによれば、檀が到着すると食事の席が急に賑《にぎ》やかになったという。夜は夜で、草野心平さんとホテルの部屋で陽気な酒盛りをする。そんな檀しか見ていなかった江間さんが、ある日の午後、いつもと違う沈痛な表情をして与田準一さんの部屋を出てくる檀を見かける。そして、その夕食どきに、与田さんの口からこんなことを聞く。

「檀さんはこの旅行から戻ったら、離婚したいというんです。それを言いに、さっき部屋へ来たのだけれど……。あの人たちの結婚の仲人は、事実上は僕なんです。郷里へ疎《そ》開《かい》していたとき、奥さんを亡《な》くしたあの人が自転車に子供を乗せて買い出しにいく姿が哀れで、紹介したのでしたがね」

この時期の檀は、私と別れて入江さんと一緒になりたいという望みをまだ持っていたように思える。何人かの親しい人にその気持を述べ、そのたびに諌《いさ》められるということを繰り返していたようだ。思い悩んでいたらしい中国での檀は、江間さんの眼に「哀切」と映ったという。

しかし私は、檀がそこまで深刻に思いつめているとは考えていなかった。小川軒でのことがあったからというだけでなく、中国に到着した檀がすぐに書き送ってくれた手紙にも、そのようなことを窺《うかが》わせる気配はまったく感じられなかった。「檀よそ子様」という宛名《あてな》書きのある絵葉書には、次のような走り書きがされていた。

いろいろ大変なことばかりで申訳なく思います。が、何卒《なにとぞ》沈着にお待ち願いたく、また、子供らの御愛護願いたく、万々良敷《よろし》くたのみます。

ここから、手紙の書き手が他の女性とすぐにも結婚したいと思っていると読み取ることは、私でなくてもできなかったろう。

その手紙が届いてしばらくして、子供たちを連れて吉祥寺の与田さんの家に遊びにいくと、奥様に檀さんから何か便りがありましたかと訊《たず》ねられた。檀の中国からの手紙の文面を話すと、

「それはよかったわね」

とおっしゃった。檀が与田さんに相談したことを奥様も手紙で知らされていて、心配してくださっていたのだろう。与田さんの奥様は、ただ心配してくださっていただけではなく、のちには直接檀のところに出向き、入江さんのいる前で意見のようなことをしてくださったらしい。「あれでなかなかはっきり物を言う人なんだ」と檀が苦笑していたことがあった。

中国には四十日ほどいて帰ってきた。私は出迎えるつもりはなかったが、佐藤先生の奥様に強く勧められて羽田に行くことになった。同じ佐藤門下生である中谷孝雄夫人を

介して、「檀さんは敷居が高くて家に帰ってこられないだろうから、ぜひ迎えに行くように」という伝言をことづけられたのだ。できることなら私は迎えに行きたくなかった。ここは檀の気持のままに任せたかった。帰りたければ帰ってくるだろうし、帰りたくないなら帰らないだろう。私には、帰りたくない人を無理に引っ張ってくるようなことはしたくない、という妙なプライドがあった。しかし、あくまで迎えに行かないと強情を張るのも、あまりに冷たすぎるような気がした。いや、正直に言えば、二分か三分は迎えに行きたいという気持もあったのだろう。

家族で迎えに行くことにすると、献身的に次郎の世話をしてくれていた看護婦が「次郎ちゃんも連れて行きましょう」と言い出した。その人は、豊多摩病院で紹介してもらった付き添い看護婦だったが、次郎を非常にかわいがってくれ、退院して家に戻ることになったときも、住み込みで面倒を見たいと言ってくれたほどの人だった。私は次郎を連れていくのは避けたかった。体の不自由な子供まで動員して夫を引き戻そうとするようなことはしたくなかったのだ。しかし、私がそう言うのは、次郎という存在を世間に恥じているように受け取られかねなかった。結局、看護婦が次郎を連れていくのを止められなかった。

飛行機から降りてきて出迎えのゲートに姿を現した檀は、私たちを見ると困惑したような表情を浮かべた。それを見て、やはり来るのではなかったと後悔した。だが、遅かった。檀は心ここにあらずというような茫然《ぼうぜん》とした様子のまま、私たちと一緒に石神井に帰ってきた。私は檀の心が入江さんのところに飛んでいるのだろうと思うと傷ついた。自然に任せておけばよかったと思った。

檀が帰国すると、さっそく佐藤先生が私たち夫婦を寿司《すし》屋に招待してくださった。奥様の指示で羽田まで迎えに行き、それが功を奏して檀が家に帰ってきた。それを御夫妻がことのほか喜んでくださってのことだった。本来なら、檀はひとりで伺いたかったのだろう。そして、胸中を訴えたかったのだろう。妻と別れ、入江さんと暮らしたいという思いを述べたかったかもしれない。しかし、私が一緒なので中国での実見談などでお茶を濁さざるをえなかった。

帰りのタクシーの中で、檀は不機嫌だった。タクシーの中で二人して黙りこくっているわけにも取りつく島もないようだったが、私は佐藤先生のマフラーについてしゃべりはじめた。そのマフラーは、義母が、いかず、私は佐藤先生のマフラーについてしゃべりはじめた。

お世話になっている先生のためにとお贈りしたものだった。心はこもっていても、先生がお召しになるような品ではなかった。しかし、先生は私たちのためにわざわざ巻いてくださっていたのだ。

「先生、あのマフラーを使ってくださっていましたね」

すると、檀は怒ったように言った。

「どうやって感謝というものを表したらいいですかね」

家にいても心ここにあらずという状態は変わらなかったが、私にはここからやり直していこうという思いがあった。とにかく帰ってきてくれたのだ、やっていける。ところが、義母が訪ねてきていても、どこかそわそわして落ち着かない。そして、一週間もしないうちに、これから大阪に行くと言い出した。入江さんが民芸の地方公演をしていたのだ。

このときは、私もプライドなどというものを振り捨てて引き止めようとした。もし、ここで行ってしまえば、すべてが終わってしまう。あなたは行きたいかもしれないけれど、ここは我慢してほしい、お願い行かないでください、と頼んだ。

だが、檀は聞く耳を持たなかった。所持金が尽きかかっていたこともあって、友人の坪井さんに借金の申し込みをしたらしい。そのころの坪井さんは東映の出世コースを歩んでおられ、『夕日と拳銃《けんじゅう》』をはじめとする檀の作品に対して、映画原作料の名目でかなりのお金を融通してくださっていた。その坪井さんに借金の申し込みをしたとき、檀は大阪行きを私に反対されていると話したのだろう。坪井さんから私に電話が掛かってきた。

「行かないでと泣いて説得しているところなんです」

私が言うと、

「行かせておやりなさい、こういうときは行かせた方がいいんですよ」

と坪井さんが言った。

私は諦《あきら》め、大阪に向かう檀を玄関で見送った。檀は出て行くとき、ちょっとお道化たように言った。

「はい、では、御免ください」

私は、これですべて駄目になってしまうのかもしれないと暗澹《あんたん》たる気持になった。そして、檀はそのまま帰ってこなくなった。

3

大阪に行った檀は、東京に帰っても石神井の家には戻らず、ふたたび入江さんと山の上ホテルでの生活を始めた。

私たち夫婦の問題については、幼い小弥太やふみにはわからなかったかもしれないが、もう中学生になっていた太郎には理解できていたと思う。

ある日、私が部屋でぼんやり繕い物をしていると、庭から廻ってきた太郎が縁側に腰を下ろした。そして、何も言わずに、庭の方に顔を向けたまま、しばらくそこに坐《すわ》っていた。私は、この子にはすべてわかっているのだな、そして、わかっているということをそれとなく私に伝えようとしているのだな、と思い、胸が熱くなった。継母継子として必ずしもうまくいっている母子とは言えなかったかもしれないが、その太郎の心づかいに私は感激した。あるいは、そのとき、太郎も父である檀から見捨てられたという寂しさを感じていたのかもしれない。

檀にとっては積年の思いを遂げるものであった入江さんとの「事」は、当の入江さんにとってはどのような意味を持つものだったのだろう。

津軽から帰った直後に書いた「残りの太陽」は、まさに入江さんとの「事」が起きた夜までのことが書かれている。それから二人して東京に帰り、別れがたいまま湯河原に遊んだところは、翌年になって「波打際《なみうちぎわ》」という短編で記されることになった。その中に、檀とのやりとりというかたちで、入江さんの気持が述べられているところがある。

そこで入江さんは、かりにも好きになってはいけないと思い、忘れようといろいろやってみたけれど駄目だった、というようなことを檀に向かって語っている。

年齢は違っていても、やはり好ましい男性だということは間違いなかったろう。檀は決して美男子ではなかったが、女を、というより、人を吸引する何かを持っている男性だった。入江さんが牽《ひ》かれたとしても不思議ではない。しかしその入江さんに、故郷の博多ではかなりの知名人であった檀一雄を夢中にさせたということに対する、いわば「勲章」を手に入れたというに近い華やいだ気持がなかったとは言えないような気がする。

しかし、当然のことながら、入江さんのお父様はそのことを快く思っていなかったようだ。私が家に戻った直後のことだったと思うが、お父様から檀宛に手紙が届いた。葉書だったので文面を知ってしまったが、そこにはおよそ次のようなことが書かれてあった。

「娘も、錦《にしき》とまではいかないけれど、木綿くらいは着て故郷に帰れるようになりました。檀さんも御家庭を大事になさって、熟柿《じゅくし》をもぎ取るようなことはなさらないでいただきたい」

お父様が木綿くらいとおっしゃるのは、当時ようやく入江さんにいい役がつきはじめたことを指している。だが、私には「熟柿をもぎ取る」という表現が強く印象に残った。確かに、入江さんもまた、檀を迎え入れる状況が整っていたのだろう。

十月、十一月と、私も子供たちもしだいに檀がいない生活に慣れてきた。

クリスマスには子供たちにプレゼントが届けられたが、やがて、主人不在のまま、昭和三十一年の年の瀬を迎えることになった。

大晦日《おおみそか》の夜、私は簡単なおせち料理を作り終え、ほっとして女中とお茶を飲んでいた。そこに突然、野菜をいっぱいに入れた段ボールを抱えて檀が帰ってきた。そして、女中にビールを出させると呑《の》みはじめた。どなたかと酒場をハシゴして歩いたあと、大晦日の遅い商いをしていた八百屋で筑前煮《ちくぜんに》に使いそうな野菜を大量に買い込み、タクシーで運んできたということのようだった。檀にも、家ではすでにおせち料理を作り終えているということはわかっていたはずだ。しかし、そのような物を持っていくという名分でもなければ帰ってこられなかったのだろう。

「先生も悪趣味ですね」

女中は言っていたが、私は驚きながら嬉《うれ》しくないこともなかった。しかし、同時に、これを素直に認めていいものだろうかという思いもあった。私はそうした戸惑いで何ともいえない妙な顔をしていたことだろう。

檀には、どこかに、正月はこの家で送るべきだというものがあったらしい。ところが、元旦《がんたん》こそ家で子供たちに取り囲まれながら呑んでいたものの、二日に、五味康祐さんと佐藤先生宅への年始に出掛けると、そのまま家には帰らず、また山の上ホテルに戻っていってしまった。

しかし、それを契機に、月に一度か二度、いま旅先から東京に着いたところだ、などといった理由をつけては家に帰ってくるようになった。やがてそれは、入江さんが地方公演などで東京にいなくなるためだとわかってがっかりした。

「今日は入江さんがいないんですか」

帰ってきた檀に、怒鳴られるとわかって言ったこともある。

檀のいない生活にもそれなりのリズムができているのに、それが檀の勝手な帰宅によって崩されてしまう。やっと安定しかかった私の気持も、帰ってきた檀がまた出て行ってしまうことで掻《か》き乱される。それが腹立たしかった。

嫉妬《しっと》は自分を惨《みじ》めにさせるだけだった。いっそのこと、入江さんと結婚してくれればいいと思ったこともある。

「もう帰ってこないでください」

私が言うと、檀が腹立たしそうに言った。

「何の自信があってのことか……」

そんなある日、大騒ぎをしていた子供たちをようやく寝かしつけた夜遅くに、いつものように酔っ払った檀が、水田さんと旧制高校時代の友達の雪山俊之さんを連れて帰ってきた。みんなで食堂にどっかと腰を下ろし、女中にビールを出させて呑みはじめた。

私が、珍しくおいでになった雪山さんに挨拶《あいさつ》するため出ていくと、檀が訊ねてきた。

「子供たちはどうした」

「もうやすみました」

私が答えると、檀は腰を浮かして言った。

「どれどれ、ちょっと御挨拶に行ってこようかな」

その言葉に、私は激しい怒りを感じて、言った。

「やめてください。子供たちをいじらないでください」

すると、檀はすさまじい剣幕で怒りはじめた。私の髪をつかんで引きずり倒した。私は子供たちの寝ている部屋に逃げていき、蒲団《ふとん》の中で泣いていた。

そこに水田さんが入ってきて、枕元《まくらもと》に坐りこんで言った。

「奥さん、歌舞伎《かぶき》をごらんになるでしょう」

私が黙っていると、さらに言葉を継いだ。

「歌舞伎がお好きなら、わかるでしょうが」

好きというほど見ていたわけではない。そのころ、ある方から歌舞伎の券をいただき、二、三度見る機会があっただけなのだ。それを御存知の水田さんは、暗に、歌舞伎に出てくる女性たちのように我慢することが大切ですよとおっしゃってくれていたのだろう。

だが、私はきつい調子でこう言った。

「私は子供たちと童謡をうたったり、ゲームをして遊んだりして平穏に暮らしているんです。それをあまり掻きまわさないでいただきたいんです」

恐らく、可愛《かわい》げのない女だと思われたことだろう。

そのまま子供の部屋で泣いていると、三人が家を出ていく気配が伝わってきた。

次の日、私が次郎の病室でミシンを掛けていると、今度は坪井さんが、玄関から「ごめんください」と入ってきた。私は気配で、檀が一緒らしいことを感じていたが、そのままミシン掛けを続けていた。二人は女中にビールを出させて食堂でガヤガヤやりはじめた。私はミシンを掛けながら、坪井さんに挨拶をしに出て行かなければならないが、檀にはどう対応したらいいのだろうと迷っていた。

懸命に精神統一をはかって出ていくと、坪井さんが言った。

「檀が、ヨソ子をとても怒らせてしまったので一緒に来てくれと言うもんですから」

それを聞いて、ふっと檀がかわいそうになってしまった。大のおとなが家に帰るのに、友達を連れてでなくては帰れないなんてかわいそうだな、と思ってしまったのだ。

そのことがあって、どこかで許してしまったような気がする。檀はすぐにまた入江さんのところに戻っていったが、最初のころほどの憤《いきどお》りは感じなくなっていた。それは、私の嫌う、お妾《めかけ》さんを持った御主人を認めるというのと変わらないことだったのだが。

第四章

1

やがて、檀は浅草のマッサージ屋さんの二階に小部屋を借りて暮らすようになった。山の上ホテルで暮らしていくお金がたいへんになってきたのだ。外に部屋を借りればはるかに安上がりだということは檀にもわかっていた。しかし、山の上ホテルでの暮らしが意外に長くなってしまったのは、どこかに部屋を構えてしまうことで、入江さんとの関係を固定化してしまうことへのためらいがあったからだと思う。

このころ、檀はいくらか迷うようになっていたらしい。入江さんに対する思いは遂げることができた。そして、まだまだ入江さんを手放したくはない。しかし、だからといって子供を全員引き受けて、入江さんと結婚するわけにはいきそうもない。どうしたらいいか。

私が家を出たあと、一度は入江さんも家に入ろうかと考えたことがあるらしい。だが、石神井の家に立ち寄った入江さんに対して、幼いふみが、

「帰れ！」

と言ったという。もちろん、それは女中か看護婦の誰かに知恵をつけられただけだろうから、病気の次郎さえいなかったらそれも可能だったかもしれない。しかし、檀もすぐに、次郎を含めた子供のすべてを入江さんに委《ゆだ》ねるのはどうかと不安に思うようになったろうし、当の入江さんもその難しさに気づいて怯《ひる》んだことだろう。

檀は浅草の部屋を借りるとき、石神井に連絡してきて、ひとりで暮らすというようなことを言っていた。しばらくひとりでいてみたいからと。しかし、あるとき、太郎のことで急な用事ができ、電話をするといきなり入江さんが出てきて、その嘘《うそ》はばれてしまった。私は檀の言葉を信じたいと思うようなところもあったので、やはりそうなのか、と寂しい気持になった。

だが、あいかわらず、入江さんが地方公演などで東京にいなくなると石神井に帰ってきた。

帰りにくい家に帰るので、照れ隠しなのか子供たちにいろいろな土産を買ってきた。ちょっとしたオモチャのようなものが多かったが、中には本物のスクーターを持ってきたこともあった。

ある日、檀がサイドカーつきのスクーターに乗ってやってきた。乗ってきたといっても、運転をしていたのは浅草の部屋の大家さんで、檀はサイドカーに乗せてもらっていた。話によれば、「週刊新潮」に連載していた『ここも青空』という小説に、他意なく「ラビット」という商品名を出してスクーターを登場させたところ、その発売元から「ありがとうございます」というお礼の言葉と共に、そのスクーターを贈呈されたのだという。

檀は運転ができない。スクーターが贈られることになり、いったんは免許を取ろうと思ったらしいが、時間を決めて教習所に行くなどということができる人ではない。かといって、交通の混雑の激しい浅草界隈《かいわい》を無免許で乗りまわすわけにもいかない。そこで、石神井に持ってきたということだった。それは檀の言葉通り、子供たちを乗せてやればどんなに喜ぶだろうと思ったからでもあったろう。そのスクーターは確かに美しい形をしていた。私は檀が家でお酒を呑《の》んでいるあいだに、大家さんに運転のあらましを教えてもらい、子供たちをサイドカーに乗せて走らせはじめた。やってみると簡単で、すぐに夢中になった。私にもできたのは、サイドカーがついているおかげでバランスを崩すことがなかったためかもしれない。

最初は家の周囲をただ走りまわっていただけだったが、それを見た檀が、ひばりが丘に住む北村謙次郎さんの家に酒を届けにいこうと言いだした。無免許なことが心配だったが、言われるままに檀をサイドカーに乗せ、北村さんのお宅にうかがった。私が運転

してきたのを知ると、檀の古い文学仲間である北村さんは、

「長生きはしてみるもんだね」

と笑った。

だが、運転している私には笑いごとではなく、行きも帰りも、道に立っている人がいると誰も彼も警察官に見え、ハンドルを握っていても気が気ではなかった。

その日は何事も起きなかったが、何日かして、坪井さんのお母様が危篤《きとく》になり、遊びにいらしていた水田さんと見舞いに行くということになった。檀は、坪井さんが住んでいる新井薬師まで、私の運転するスクーターで行きたがった。もう日は暮れていたが、私は水田さんをサイドカーに乗せ、檀を後ろのサドルにまたがらせ運転していくことにした。ところが、途中で、数人の警官が提灯《ちょうちん》のようなものを振っているところにぶつかってしまった。まずいと思い、慌《あわ》てて手前の路地を曲がったところ、やはり挙動がおかしいと思われたのか、追いかけられてつかまってしまった。私はもちろん、男性二人も免許を持っていない。その場は、危篤の方を見舞うということで見逃してもらったが、翌日調書を取られることになった。

檀は原稿を書かねばならず、運転していたのが私ということもあり、荻窪の警察署には私が出頭した。しかし、檀が読売新聞だか文藝春秋だかに連絡し、あらかじめ警察署長さんの知り合いを見つけておいてくれたため、あまり面倒なことにはならなかった。

それどころか、警察署長さん自らが会ってくださり、

「せっかくだから、この機会に免許を取ってしまわれたらいかがです」

と親切に勧めてくださった。自分も免許の書き換えに鮫洲《さめず》に行かなければならないので、一緒に行きませんかとまで言ってくださった。連れていっていただくと、そこで係の人を紹介してくれ、あと数回通えば、試験を受けて免許を取ることができる、という段取りまでつけてくださった。しかし、私はたとえ免許を取っても一生自動車を買うなどということはないだろうと思い、試験の問題集をいただいただけでやめてしまった。

それはともかく、その何日かというもの、檀はどこへ行くのでも私が運転するスクーターに乗りたがった。私もそれがいやではなかった。しかし、十日も過ぎると、檀はまた浅草に戻っていってしまった。

私たちの関係は周囲からは奇異なものに映ったろう。怒っては許し、許してはまた怒るということを繰り返していた。戻っては出ていき、出ていっては戻ってくる。だが、そのうち、私には張り詰めた拒絶の心が希薄になってきた。

慣れということもあるだろう。短期間であれ、一度はすべてを捨てて家を出たということへの負い目もあった。しかし、最大の理由は、檀をどうしても嫌いになれなかったことだ。うまく説明できないが、檀は汚くなかったのだ。

戦死した先夫は猥談《わいだん》をするのが好きだった。私にはそれがいやで、何度かやめてほしいと頼んだことがある。すると、先夫は笑いに紛らし、

「こんなことでもしゃべっていないと、御国の機密事項を漏らしてしまいそうになるからな」

と言った。あるいはそういうところもあったのかもしれないが、女のいない海の上で暮らすことの多かった先夫には、猥談は特別なものではなかったのだろう。しかし、檀はその種の話をまったくしなかった。

檀がしなかったのは猥談だけでなく、他人の悪口はいっさい言わなかった。陰口もきかなかったし、非難めいたことさえ滅多に口にしなかった。

私が耳にした唯一《ゆいいつ》の例外は川端康成さんについてのものだった。

これはだいぶのちのことになるが、檀と私で小田原の尾崎一雄さんのお宅を訪ねたことがある。評論家の浅見淵夫妻と梅見のお招きにあずかったのだ。

お酒が入り、話が文学的なものになっていったとき、不意に檀が激しい調子で言った。

「川端康成なんか、文学者じゃない！」

私は檀が川端さんを嫌っているなどとは思ってもいなかった。福岡から出てきた檀が、『リツ子』の最初の一編である「終りの火」の原稿を預けたのが川端さんなら、それを雑誌「人間」に載せてくださったのも川端さんのはずだった。その方にどうしてそんな

ことを言うのか、私にはわからなかった。困惑したのは私だけでなく、尾崎さんや浅見さんも同じだったろう。とりわけ浅見さんは、御一緒した帰りの電車の中でも憮然《ぶぜん》としていらっしゃった。

しかし、それから数年後、川端さんの自殺の報に接すると、その夜は凝然と坐《すわ》りつづけ、

「僕は川端さんを見誤っていたかもしれない」

とつぶやいた。

いずれにしても、檀が他人の悪口を言うのを聞いたのはその一回だけだった。

檀には不潔なところがなかった。

たとえば、たまに入江さんと暮らしている浅草の部屋から帰ってくる。本来なら、愛人の気配をいっぱいに漂わせて帰ってきた夫を不潔と思ってもよいはずだった。しかし、不思議なことに、私はその夫の手で肌を触れられても汚らしいとは思わなかった。

私は檀を嫌いになれなかったのだ。

あるときは、入江さんのところに戻っていった檀に呼び出され、口述筆記を引き受けたことさえある。

不意に電話が掛かり、板橋の印刷所の出張校正室に来て、口述筆記をしてくれないかという。いつもは入江さんに頼んでいることは知っていた。だから、その入江さんが地

方公演でいないためのピンチヒッターだということもわかっていた。何を勝手なことを言うのです、とはねつけてもよかった。しかし、私は断らなかった。出版社が差しまわしてくれたタクシーに乗って印刷所に出向くと、明け方まで口述に付き合った。それは入江さんと張り合うという気持からではなく、もっと素朴に、檀が困っているのだから助けてあげなくてはと思ってしまったのだ。

2

そのような日々の中でひとつの事件が起きる。中学生の太郎が窃盗事件を引き起こしてしまったのだ。

私が御殿場の妹の家に行き、石神井に帰ってくると、風呂場《ふろば》から檀の鼻歌が聞こえてくる。ああ、帰ってきているのだと思い、家に上がると、ほとんど間もなく鎌倉の待鳥さんのところから電話が掛かってきた。太郎が窃盗の容疑で逮捕され、鎌倉の警察署に留置されているというのだ。太郎がなんでそんなところで盗みを働いたのかまったく理解できなかったが、風呂から上がった檀と急いで鎌倉に向かった。

待鳥さんのところに寄り、あらましの話を聞いてみると、太郎がひとりで待鳥さんの別荘を訪ねていったのだという。

それまで太郎は待鳥さんの別荘に行ったことなどない。しかし、私が家を出ていたときに厄介になっていたことは知っていた。待鳥さんとは顔見知りだったということもあったのだろう、ふと訪ねてみたくなった。住所を調べ、どこかに探検に行くようなつもりで、鎌倉山に向かったのだ。

これまでも、太郎にはそういうことがよくあった。幼いころから一種の放浪癖があった。やさしいところのある太郎は見知らぬ人とすぐ仲良くなり、どんなところにも入り込んでしまう。頭のいい子なので、知識を吸収するのは速いが、学校の机にしばりつけられ、先生の話を聞くというのが苦手な子だった。その結果、学校を休みがちで、気の向くままに行動していた。もちろん、それには継母としての私の責任も少なくなかったが、太郎には頭ごなしに抑えつけることのできない、確固とした個性があった。しかしそうはいっても、まだ十四歳にすぎなかった。体こそ大人並に大きかったが、精神的にはまだ未熟なところをたくさん持っていた。

太郎はなんとか別荘を訪ね当てたが、あいにく待鳥さんは所用で出かけていた。待鳥さんを待つつもりだったのか、近所をぶらぶらしているうちに、門が開いていた一軒の外人の家に上がり込み、眼についたカメラを盗んでしまったのだ。捕まったのはそれを質屋で売り払おうとして店の主人に通報されたためだという。

警察署に行くと、さらに事情を詳しく説明された。しかし、太郎は前日の朝に私が渡したお金をいくらか持っていた。学校の月謝を払わなければならないから、ということだった。実際は学校に払ってなかったのだが、結果的にはそのお金を持っていたことが警察の心証をよくした。金目当ての常習者ではなく、ほんの出来心でやったことなのだろうと理解してくれたのだ。母親が継母で、実の父親が愛人のもとに走っている、という家庭環境が同情されたこともあったろう。その日は一日留め置くが、明日の朝には連れて行ってよいということになった。

　警察署を出た檀は、

「太郎がお金を持っていてほんとによかったなあ」

と心からほっとしたように言った。

　私たちは待鳥さんの別荘に戻り、勧められるままにそこで泊めてもらい、翌日の朝、二人で太郎を引き取りにいった。『火宅の人』では、ここで、愛人と暮らしているという檀に、「もう少し、賢明に、その環境を変えてあげられませんか。みすみすお子様を破局に突き落していらっしゃるようなもんじゃありませんか？」と穏やかに説諭する係官に向かって、「いやー、破局に落ちているのは私です。ただ、私は自分なりの誠実で、せいいっぱいに生きているつもりですから、破局だからと云《い》って、よけるわけにはゆかないのです」と檀が一席ぶつことになっている。だが、非常識なことを嫌う檀にそんなことができるわけがない。素直に相手の言うことを聞いていた。

そのことがあってしばらくして、なんと待鳥さんの別荘で宴会をすることになってしまった。檀が水田さんに鎌倉の別荘の素晴らしさを話しているうちに、そこで宴会を開いてもらおうということになったらしい。待鳥さんもそうした申し出を断るような人ではない。別荘の持ち主である灘の酒造家に連絡したところ、一席設けましょうと応じてくださることになった。当日は、あらかじめ私も呼び寄せられ、檀の一行を待った。檀は檀で、水田さん以外に、報知新聞や読売新聞の文化部の方を引き連れて乗り込んできた。

新聞社の方は、そこに私がいるのに驚いたようだった。

そこでの私は、お見えになった方々に、痛手を受けていると思われまいと気を張っていた。夫に見捨てられ、愛人の元に走られた哀れな妻、と見られたくなかった。確かに夫は愛人と暮らしてはいるが、私たちを見捨てたわけではない。それどころか、これほど気に掛けてくれている。そんな風に見てもらおうとした。それが私に必要以上に華やいだ態度を取らせることになった原因だったのだろう。もしかしたら、私の振舞いは檀に媚《こ》びたものと映ったかもしれない。

同席した読売の方にも、

「ずいぶん仲がよろしいんですね」

と皮肉を言われたほどだ。

私はその出席者だけでなく、世間のすべてに対して張りつめた思いで生きていた。それは佐藤先生御夫妻に対しても同じだった。檀が家を出ていったとき、呼ばれて原因を訊《たず》ねられたことがある。しかし、私は気を張って落ち込んでいる風を見せなかった。最後には、千代夫人が「心配していましたけど、これで安心しました」とおっしゃってくださった。

自分ではいくら平気を装《よそお》っているつもりでも、他人の眼から見ればやはり暗い顔をしていたのだろう。新潮社で檀の担当編集者だった小島喜久江さんが、檀の死後にお書きになった文章によれば、《まだ「火宅」の渦中《かちゅう》にあった頃、バスで偶然見かけた夫人の、世にも寂しい顔が記憶にあるが》ということだ。

しかし、私が暗い顔になっていたとすれば、それは次郎が病気になって以来のことだったと思う。そのころの私は、よほど鬱陶《うっとう》しい顔をしていたのだろう、義母にこう言われたことがある。

「ヨソ子さん、後ろを向いてどんなに泣いていても、前を向いたら笑わなければいけませんよ」

入江さんとのことが明らかになって、高岩の義弟が「ヨソ子義姉《ねえ》さんは自殺するのではないか」と心配してくれていたという。だが、私は入江さんとのことで死のうなどと思ったことはなかった。もし私が一度でも自殺を考えたことがあったとしたら、それは次郎が自分の力では起き上がることができないとわかったときだけだ。

檀と入江さんとのことで憂鬱だったのは、近所の人の視線だった。私が通りかかると、それまで道端でおしゃべりしていた奥さん方が、ふっと黙り込んでこちらを見つめるという、まるで安手のテレビドラマのようなシーンに何度も遭遇することになった。それは、週刊誌の記事になり、檀が愛人と暮らすため家を出ているということが周知の事実になってしまったからなのだ。

あるとき、電車に乗っていて、隣の人の週刊誌にチラリと眼をやると、見出しに檀一雄の文字が踊っていた。当時、やはり元秘書と暮らしていた古谷綱武さんと並んで書かれていた。

その日、急な用事ができて電話すると、こちらが何も切り出さない前に、檀が慌てたように言った。

「あの記事には僕も腹を立てているんだ」

私はそれを聞いて、きっと中年過ぎの男が若い女に血迷ってとか書かれていて、それに腹を立てているのだろうと納得した。

ところが、その直後に、知人から電話があり、

「ヨソ子さん、お風呂屋さんを始めるの？」

と信じられないようなことを言われた。なんでも、その週刊誌の記事には、檀が別居中の妻に銭湯をやらせるために新聞社に五百万の借金を申し込んだ、と書かれてあったらしい。もちろん、五百万などというお金が借りられるわけもなく、だから銭湯などを開くこともなかった。あるいは、檀が酒の上の話として、女房に風呂屋でもやらせようかなどと口にしたことはあったのかもしれない。しかし、それが週刊誌の記事になってしまうほど好奇の眼差《まなざ》しで見られていたことは確かだった。

3

石神井の家に帰ってくる檀は、子供たちへのおみやげばかりでなく、多くの場合、誰か人を連れてきた。そして、食堂のテーブルに陣取ると、

「ビール！」

と声を上げる。

父親の不在に慣れた子供たちと、夫に愛人の元に走られた妻が、それでもなんとか楽しく過ごしていると、その父親であり夫である人が不意に帰ってくる。子供たちは喜ぶが、妻の心中は穏やかではない。必然的に夫婦喧嘩《げんか》が起きる。そして、入江さんが東京

に戻ってくるころになると、家を出ていく。それはまるで妾宅《しょうたく》に向かう旦那《だんな》様を見送る妻のようだったから、笑顔で送り出すというわけにはいかなかった。

しかし、そうした奇妙な往復にもしだいに慣れてしまった。それは、私のどこかに檀の心を取り戻したいという思いがあったからだろうか。

いや、それにしては、あまりにも私は不器用すぎた。

たとえば、珍しくひとりで家に帰ってくると、檀は決まってベートーヴェンの『ピアノ協奏曲第一番』とリストの『ハンガリアン狂詩曲』のレコードを聴いた。

ベートーヴェンのピアノ協奏曲は、私が檀のために買ってきたものだった。それはずいぶん昔のことになるが、檀に出版社で前借りをしてくるよう命じられた。そしてさらに、その帰りに何かレコードを買ってきてくれないかと頼まれた。私は新宿のレコード屋に寄り、店員とも相談してもっとも無難なベートーヴェンのピアノ協奏曲を買ってきたところ、檀はとても喜んで聴いてくれた。ピアノが名ピアニストのワルター・ギーゼキングだったこともよかったのかもしれない。

一方、『ハンガリアン狂詩曲』は私の大好きな曲だった。

以前、檀がリストの『ハンガリアン狂詩曲』を聴いていた。私もそれを耳にしながら、思わず故郷の言葉でつぶやいてしまった。

「これを聞くと、もう、付んのうて行こうごつありますね」

私はこの曲を聴くと、それを演奏しているジプシーの楽隊に付いていきたくなるような気がしてくる。体の奥底からふつふつと沸き立つものを感じ、心が浮き立ってくるのだ。感情を抑えつけすぎるといわれる私には珍しいことなのだが、いや、むしろ、それが本来の私なのかもしれないのだが、いずれにしても、檀はそのときの私のつぶやきを覚えていたらしく、以後もなにかというとさまざまな演奏者による『ハンガリアン狂詩曲』を買い求めてきてくれた。

檀が、入江さんのところから帰ってくるとステレオに掛けていたのは、そのベートーヴェンとリストのレコードだった。私は、それを掛け、聴いている檀の気持はよくわかっていたが、わざと気づかないふりをしていた。

檀には極めて単純なところがあった。率直と言い換えた方がいいかもしれない。何事においても、褒められると素直に喜んだ。

ある年、檀がイチゴでジャムを作った。それは実に見事な出来のジャムだった。

「粒が揃《そろ》って、まるで芸術ですね」

私が感嘆すると、檀は次の年もイチゴを大量に買ってジャムを作った。

しかし、それは本当に見事な出来栄《できば》えだったから発することのできた自然な賛辞だった。私には、意識的に檀が喜ぶようなことを言ってあげることはできなかった。

入江さんのところから帰ってきた檀が、友人のどなたかと酒を呑《の》みながらぼやくように言っていたものだ。

「俺が女だったら、もっとうまくやるのになあ」

私にはそれがうまくできなかった。融通の利《き》かない、不器用な女だった。


浅草の次に、目白の簡易アパートの一室を購入したいきさつは知らない。

すでにこのころ、檀と入江さんの関係は安定の時代から退屈の時代に入っていったのではないかと思われる。檀が盛んに料理をするようになったのはこの時期以降のことである。もともと檀は料理に縁が深く、父親と二人だけで暮らしていた小中学生時代、食事の用意はすべて檀の手に委《ゆだ》ねられていたという。石神井の家を出る前は、私という作り手がいることや、仕事が忙しいという理由もあって、自分で手を下すことはほとんどなかった。しかし、作らせればやはり勘がよくて上手だった。

奥秩父の落石事故のあと、骨折の予後を大事にするためもあり、熱海に温泉つきの家を借りて仕事をしていたことがある。ある日、私が頼まれた物を持って東京から出向くと、檀は料理を作って待っていてくれた。なんでも前の日に遊びにいらした邱《きゆう》永漢さんに教えてもらったとかで、豚肉とネギを五香という香料でコトコト煮ただけのものだったが、これがおいしかった。

目白のアパートには、浅草の部屋にはなかった台所がついていたことから、近所の店でせっせと買い物をしては料理を作ることに熱中しはじめた。それには、もちろん、入江さんが稽古《けいこ》に出たあとの無聊《ぶりよう》を慰めるためもあっただろう。やがてその料理作りは、檀にとって、泳ぐこと以外の、唯一《ゆいいつ》の趣味になった。

私も、二人の仲が沈静化しつつあることをうすうす感じていた。だからといって、私が物わかりのよい妻を演じていたというのではない。

窃盗事件後、檀は太郎のことが心配になったのか、どこかのレストランに呼び出しては入江さんも交えて食事をするようになった。それまでは、太郎にだけは入江さんと一緒のところを見せないように努力していたらしい。それは、幼い日の檀が、母とその恋愛相手と同席したときに覚えた恥ずかしさを、太郎に味わわせたくなかったからだという。

檀に呼ばれて帰ってくると、太郎は檀と入江さんの様子を逐一報告した。恐《こわ》い父親のすることなので、批判的に見ていたわけではないが、十代の半ばになろうとしている少年の眼には、二人の振舞いが奇異で、不思議で、それでいて興味深いものに映ったのだろう。入江さんについて、「チチの財布を預かるんだよ」とか、「チチのビフテキの残りを食べちゃうんだよ」とか言っていた。

檀は、家に帰ってきて、私を呼ぶとき、うっかり、

「ヒーちゃん」

と入江さんの愛称を呼んでしまうことがあった。

あるいは、当時、南京虫と呼ばれる小さな円い腕時計がはやっていたが、檀の財布に入江さんの南京虫が入っていたりもした。私はそのたびに腹を立てた。

あるとき、檀と入江さんとで映画を見にいった。それはルネ・クレマンが監督してマリア・シェルが主演した『居酒屋』だったという。そのマリア・シェルを見て、入江さんが「私って、マリア・シェルに似ているらしい」と言った。それに対して檀が口にしたのは「マリア・シェルならうちの奥さんの方が似ている」という台詞《せりふ》だった。いま思えば、入江さんは深く傷ついたろうと思う。そして、そのことを家に戻って話をした檀に、私の気持を和らげるためのサービスというところがまったくなかったわけではないだろう。しかし、浅はかな私は、それを聞いてしばらくして、檀の部屋に掛けた電話に入江さんが出てきたとき、本当に馬鹿《ばか》なことを口走ってしまったものだった。

「あら、マリア・シェル？」

それは入江さんを二重に傷つけることになったろう。ひとつは、檀が入江さんとの会話に妻を引き合いに出したことで、もうひとつは、その他愛ない会話を当の妻にしゃべってしまったことで。もしかしたら私は、それを誇示するためにことさらマリア・シェルの名前を口にしたのかもしれなかった。

4

入江さんとの生活が二年を過ぎた昭和三十三年、檀はアメリカのアジア財団の招待を受けて欧米旅行に出た。

二年前の中国旅行の時は、入江さんに心を残し、あまり行きたくないようだったが、このときは、むしろ出ていきたいという思いが強くあったような気がする。入江さんとの生活に疲労感のようなものを覚えはじめていたのかもしれない。

このころ、檀は頻繁に石神井の家に戻るようになっていた。アメリカに着いてからの手紙に、出発前に家に帰らず悪かったとあるのが残っているが、それが逆にこのころ檀がよく戻っていたことを物語るものになっている。

出発の前に一度帰りたく思いながら、原稿に忙殺されました。子供達よろしくお願いします。ワイキキの浜辺で、たのしそうにみんな泳いで居ます。

十一月二十六日

一雄

旅は、ホノルルからサンフランシスコに上陸し、シカゴからワシントンを経て、ニューヨークには二ヵ月ほど滞在した。

このアメリカでの日々はかなり孤独なものだったらしい。

ひとつには、出発間際《まぎわ》に、入江さんに関する中傷じみたゴシップが耳に入っていたことがあった。入江さんには元馬賊で右翼の大物がパトロンとしているのだというようなことだったらしい。入江さんとの仲はむずかしい段階に入ってきてはいたが、その話は檀の心を乱しに乱した。会えないことが、あらぬ妄想をふくらませることになった。

もうひとつは、異国の、しかも寒い冬の大都会に、同行者もなく、頼る人といえばアジア財団の世話係をしてくれていたルシール・ネピアさんという女性しかいない、ということもあったろう。

唯今《ただいま》暮の二十八日、ボストンのハタゴで一人ウイスキーを飲んでおります。この手紙の着く頃は、正月五日頃ですか。みんな元気で、いい正月になるよう祈ります。一昨日は、次郎の夢を見、しばらくその夢がさめませんでした。小弥太、ふみ、さと子達に何かおくり物をと考えましたが、デパートの玩具《おもちゃ》、意外にちゃちなものばかりで、いずれ又、ヨーロッパからでも送りましょう。

十二月二十八日

亡命の凡夫より

こちらから、滞在予定のわかっているホテルに宛《あ》て手紙を書き送ると、檀からもすぐに返事が届いた。

六日夜の手紙、十日の朝、ニューヨークにて拝見、そちらの様子が手に取るようによくわかり、大変安堵《あんど》いたしました。ストーブが暖かくて重宝の由《よし》、早く帰って、ビールなど飲んでみたいと思いました。私は、二十五日のジェット機でロンドンに向かいます。道中六時間の由。この正月からジェット機が就航して、従来の十時間余りの航空時間が半分になったわけです。船だと一週間から十日。夢のような話です。今日は午後二時から、ネピアさんと云《い》うアジア財団のお嬢さんが、自分で自動車を運転して、郊外見物に連れていってくれることになっています。

一度日本に来たことのある人ですが、日本語を勉強して、もう一度日本に行くんだと口癖のように云っています。日本に来て、檀さんの石神井の家に泊めて貰《もら》うんだと、これまたハリキッています。

但《ただ》しニューヨークは寒く、一たん戸外に出ると、ふるえ上がります。それでは小弥太の落書でも送って下さい。

一月十日昼　檀一雄

こうした手紙からは、大都会の寒いホテルの一室で孤独さを嚙《か》みしめている檀の姿が浮かんできた。

その寂しさからか、子供たちにも何通か手紙が送られてきた。

私はといえば、檀が外国に行ってくれて、むしろ心の平安が得られたといえる。以前も、檀が旅行に出ると、どこかでほっとするようなことがあった。檀が家にいると常に緊張していなければならなかったからだ。しかし、今回は、もうひとつ、檀が日本にいないことで、嫉妬《しつと》する理由がなくなったことが挙げられるかもしれない。少なくとも、入江さんとは会うことができない。

みんな元気ですか。ロンドンに十五日居り、パリに着いてから、もう二十日になります。木賃宿《きちんやど》にとまったり、豪華ケンランのＨＯＴＥＬにとまったり、面白いですよ。あなたは人生を楽しむことを知らないから、是非共、欧米に来てみたらいい。みんな堂々と、接吻《せつぷん》したり、抱き合ったり、過ぎやすい人生の悲しさを知っております。わたしは三月八日から、ＳＰＡＩＮ人の絵描きの車に便乗、ＳＰＡＩＮに向かいます。

三月二日

だん

檀はアメリカから大西洋を越え、ロンドン、パリ、マドリードとヨーロッパを転々とした。

そこでは、『火宅の人』に描かれているように、何人かの日本女性との交渉が実際にあったものと思われる。檀の死後、少なくとも映画評論家であるひとりの方が、ヨーロッパでの関係を「告白」なさっていた。多分、それは本当のことだったろう。しかし、その方たちとのあいだにあったものは、愛とか恋とかいうようなものではなかったと思う。

檀は若いころから放浪が好きだった。しかし、本当の意味での孤独が好きだったかというと、そうでもない。放浪の先でも、やはり人が必要だった。放浪は好きだが、まったくのひとりには弱い人だったのだ。だから、冬のニューヨークでも、冬のヨーロッパでも女性を求めた。ある意味でそれは誰でもよかったのではないかと思える。放浪先の孤独をいやしてくれる人なら、誰でも。

孤独に憧《あこが》れながら、常に人を求めてしまう。しかし、それは檀の弱さであると同時に、魅力でもあったと思う。

ヨーロッパから帰ってきたのは翌年の四月だった。このときは、出迎えられるのはいやだろうと思い、羽田に行かなかった。

檀はすぐに入江さんとの生活に入っていった。残りの炎はまだあったのだろうが、亀《き》裂《れつ》が入っていたことも確かだった。会えばそれまでの疑念も嫉妬も一時は消えただろう。しかし、まったく、元の関係に戻っていくのはむずかしかったようだ。檀は、日本に帰ってからも、旅行前に聞いた「入江さんは右翼の大物の女だ」というゴシップに、奇妙なくらい拘《こだわ》っていた。一笑に付せばいいような噂話《うわさばなし》だが、檀にとっては、入江さんのひとつの言葉と共鳴しあって真実味のあるものとなってしまった。

それは、入江さんと、結婚してほしい、いや、やはりできない、というようなことを話しているときに出てきた言葉だったという。もし、南氷洋に行く直前にこういう関係になっていたら、次郎もまだ元気だったし、結婚することも不可能ではなかったのに……。檀がいささか未練がましくそう言うと、入江さんは、そのとき自分はまだ女ではなかったから、と応じたという。その言葉は、檀との関係が始まった時点ではすでに女だったということを意味している。もちろん、檀も入江さんがまったく男性を知らなかったとは思っていなかっただろうが、その言葉には深い関わりのあった男性の存在が暗示されているようで、それがゴシップと共鳴しあい、心を乱してしまったらしいのだ。現実の入江さんと会えば嫉妬は消えるが、何かというと不信が頭をもたげてくる。そんなことを繰り返すようになったようだ。もしかしたら入江さんは外人と付き合っていたことがあるのかもしれない。私の前でそうつぶやいたこともあった。

5

檀は、目白のアパートから麴町《こうじまち》の三番町に拠点を移した。その間の事情も私はよく知らないが、二人の関係に行き詰まりを感じ、打開したいという思いがあってのことだったかもしれない。

だが、この周辺はお屋敷が多いということがあって、買物ひとつにしても思うに任せなかったらしい。それもあったのだろう、だんだん石神井の家にいることが多くなってきた。私も、終わりかけているのかな、と思うようになった。

終わりかけていたといえば、これはかなりあとのことになるが、檀とテレビに出たことがある。「素敵な夫婦」とかいうような趣旨のトーク番組で、明治・大正・昭和三代の夫婦が日替わりで出演することになっていた。明治が東大総長の茅誠司御夫妻、大正が私たちで、昭和が羽仁進、左幸子御夫妻という構成だった。檀は正確には明治末年の生まれだったが、大正元年の生まれに誤解されてのことだった。その二組の御夫婦に比べれば、何が「素敵な夫婦」だと笑われそうだが、いくつもの波風に耐えてまだ夫婦であり続けている、というところを面白がられたのだろう。

出演に際しては、事前に打ち合わせのようなものがあり、わざわざ司会の恩地日出夫さんが石神井までいらしてくださった。その折り、私にいくつか質問してくださり、それに答えるという練習をした。「幸せなときは」という質問に、「子供の成績がよかったとき」などという、まったく愚かな母親丸出しの答えをし、檀も困ったなという顔をしていた。

ところが、いざ本番になると、リハーサルとはまったく違う質問が飛び出してきた。しかし、私は自分でも意外なほど上がらず、思っていたとおりの答えができた。

恩地さんはこんな質問をなさった。檀さんと愛人との関係が終わったなと思ったのはいつのことか、と。

それはある夏、私たちが檀に呼ばれて千葉の海岸に行ったときのことだ。知人にお借りした別荘に着くと、軒下の物干し竿《ざお》に檀と入江さんのものと思われる水着が風になびいていた。私にはそれがとても寂しげで、儚《はかな》げに映った。そして、二人の仲は終わりかかっているのかな、と思った。

その水着の様子で、檀はそこでまず入江さんと過ごし、入江さんが地方公演の旅に出たあと、私たち家族を呼んだのだということがわかった。その事実を察して、妻が感じるのは、人によってさまざまだろう。その水着を見て、仲良く二人が寄り添っていると感じても不思議ではない。だが、私には、そのときの風に揺れている水着が二人の別れの象徴だったように記憶されているのだ。

私がそんなことを話すと、檀はびっくりしたようだった。そして、テレビ局からの帰り道、生徒をほめる先生のような口調で言った。

「おっかん、あの答えはよくできましたね」

そのときの海水浴では、もうひとつ思い出がある。檀と二人でずっと沖の方まで泳いでいったことだ。

岩にたどり着き、濡《ぬ》れた水着でよじのぼると、檀に抱き寄せられ、また一緒に海に飛び込まされた。海に体が沈み、浮いてくると、檀が言った。

「海の中に潜ると、クビキが解けてよかろうが」

檀と入江さんとの間に決定的なことが起きたのは、昭和三十五年の夏のことだった。檀が暴力をふるい、恐怖を覚えた入江さんが暴れた。

それは『火宅の人』によれば、こういういきさつだったらしい。

入江さんが妊娠し、搔爬《そうは》することを決意する。以前も中絶している入江さんにとって、それはつらい選択だった。手術の前日、明日だけは病院についてきてほしい、と頼む。しかし締切に追われて旅館で書いていた檀は、どうしても都合がつかないと言う。数日後、ようやく仕事にキリのついた檀が、銀座の酒場をハシゴしてから部屋に戻る。すると、蒲団《ふとん》に横になっていた入江さんが、ひどい人だとなじる。そこから罵《のの》り合いが始まり、最後に入江さんが言う。

「さっさと、石神井に帰ってしまったらどう?」

その瞬間、酔いと怒りで混乱した檀を、かろうじてつなぎとめていたものがぷつりと切れてしまう。

殴り、突き、倒し、首を締める……。

《この時、私が何をわめき、何を云ったか覚えていない。気がついた時には、恵子をひきずり起し、とっては投げ、とっては投げていた。掻爬後まもない女の体だなどというようなことは、考えてもみなかった。いや、眼中になかったろう。彼女の見覚えもないような肉塊が、私の手に、からまり、ねじれ、のたうち、倒れる。その女の肉塊をもう一度ひきずりおこし、蒲団の中に叩《たた》きつける。洋服簞笥《だんす》にねじりつける。女の呼気があらあらしくはずみ、髪が乱れ、泣く。野獣のうめきである。女の力が、あれ程強いものとは知らなかった。それでも私は、恵子の体をとっては投げ、とっては投げる。ニューヨークやパリの宿で、永く、暗く、鬱積《うっせき》された憤怒《ふんぬ》が、まるでこの一点にその突破口を見つけだしたように、私は恵子の首を締めあげた。そのままズルズルと簞笥の表をすべりながら、畳に倒れる。瞬間、私は肋骨《ろっこつ》のあたりに手痛い衝撃を蒙《こうむ》った。恵子が死物狂いの足蹴《あしげ》をかけたに相違ない。私はそのまま蒲団の上に倒れこんだ。恵子も彼女の蒲団の中に横たわって気息奄々《えんえん》の吐息をあげている。玄関の前あたり、ゾロゾロ人の足音の気配を聞いたような気がしたが、そのまま眠った。》

読むのがつらくなるような部分だが、これに近いことは実際にあったのだろう。抵抗する入江さんに強く蹴られた瞬間、檀は胸に激しい痛みを覚えたという。

それはある意味で自業自得《じごうじとく》と言うべきかもしれないが、のちに胸の付近に痛みを覚えるようになったときも、そのときの打撲の後遺症だと思い込むようになってしまった。

そのことがあった翌日、檀は逃れるように柳川に向かった。そこには、地元では依然として「とんさん」と呼ばれている立花さんがやっていらっしゃる、「御花《おはな》」という割烹《かっぽう》旅館があった。とんさんと親しくさせていただいていた檀は、その「御花」に緊急避難をするようなかたちで長逗留《ながとうりゅう》し、新聞の連載小説を書き継いだ。

柳川から帰ってきた檀が、来年二月の誕生日に「五十歳の会」を催すと言うのを聞いたときには驚いた。還暦の会ならわからないではないが、四十代の終わりに、数え年で五十歳になるからということでそうした会を開こうというのはかなり変わっている。それについては、先輩や友人からおかしいと言われたり、直截《ちょくせつ》に反対されたりもしたらしい。しかし、檀は強引に開催を決めてしまった。

なぜこのときに「五十歳の会」などというのを開きたがったのか。ひとつは、筑摩書房から文学全集の一巻として『檀一雄集』が出るということがあっただろう。担当の編集者である野原さんが、『人間 檀一雄』の中でお書きになっているように、この時期の檀にとって、評価の高い筑摩書房の文学全集に単独で入れてもらうということが嬉《うれ》しくなかったはずはない。しかも、処女作である『花筐《はながたみ》』を出したときは、出征のため出版記念会を開くことができなかった。これまで一度も出版記念会というものを開いたことがないので、この文学全集の一巻が出るのを機会に、出版記念会をやってみたいという思いもあったろう。

だが、それればかりでなく、いま思えば、何かが終わる予感のようなものと、何かを始めなければならないという焦燥感が、人から祝ってもらうべき会を、自分が先頭になって開くという奇妙なことになったのだろう。

しかし、私はその「五十歳の会」には出席しなかった。義母が子供たちを連れていってくれたが、私は石神井の家に留まった。私は依然として周囲の眼に傷ついていたのだ。入江さんとの仲は終わりに近づいているにしても、傍目《はため》から見れば、依然として私は夫を愛人のもとに走らせた妻であることに変わりはなかった。そこに出席するだろう、檀の友人、知人や仕事関係の方に、同情や好奇の眼差《まなざ》しを向けられるのはいやだった。

その会には、入江さんも来なかったという。もちろん、入江さんも出席しにくかったろうが、そこには、私とは違う、もう少し微妙なものがあったのだ。


檀と入江さんとのあいだに別れが近づいていた。

あるとき、檀は京王線の沿線に土地を買った。それが入江さんのための土地だということは私にもわかっていた。檀は、入江さんとの関係が始まったとき、万一の場合は、つまり別れるようなことがある場合には、暮らしていくのに困らないようにすると約束していた。そこはそのための土地だったのだ。

買うに際しては、銀行から大金を借りる必要があった。入ったお金はすべて出ていってしまう我が家に、土地を買えるほどの蓄えがあるはずはなかったからだ。私は、毎月、月末になるとその利子の支払いをするため銀行へ足を運ばなければならなかったが、しかしそれは、二人の仲が終わりつつあるということをゆっくり私に理解させるための、一種の儀式のような役割を果たしてくれることになった。

もっとも、檀と入江さんとの関係は、『火宅の人』に描かれているように劇的に終わったわけではない。「靴の別れ」などと呼ばれることのあるそのシーンは、終熄《しゅうそく》に向かうひとつの象徴的な出来事ではあったろうが、それですべての関わりが断たれたわけではなかったからだ。

『火宅の人』によれば、入江さんと疎遠《そえん》になり、あちこちの旅館やホテルを転々としていた檀が、人づてに伝言を受け取る。荷物が残っているから取りにきてほしい、と。もともと大して荷物などないし、それもほとんどは石神井に送り返されていた。まだ何か残っていただろうか。怪訝《けげん》に思いながら麴町の部屋を訪れると、ひび割れかけた一足の靴を渡される。そして、さよならと言われ、さよならと言い返す……。

だが、それ以後も、入江さんのお母様が上京してきた折りなど、ちょっと来てほしいと言われているから行かなくてはならない、と出掛けたり、中国から帰ってきた義妹を民芸の芝居に連れていくというようなかたちで、入江さんとの関わりは続いていた。

第五章

1

檀が「新潮」に『火宅の人』の最初の一編「微笑」を発表したのは、「五十歳の会」を催した昭和三十六年のことだった。当初は『惑いの部屋』という通しタイトルになるはずだったが、沢野久雄さんに似た題名の小説があることがわかり、変更を余儀なくされた。『火宅の人』というタイトルがいつの時点で決定的なものになったのか、私はよく知らない。昭和四十二年に書かれたエッセイに、《永年私が書きついだ『火宅の人』と仮題している小説集》という一節が見えるところからすると、すでにこのころにはタイトルを『火宅の人』とすることを考えていたものと思える。

新潮社の小島さんの回想によると、この連載を始めるときの檀の意気込みは相当のものだったという。

だが、この連作で檀は何が書きたかったのだろう。書こうという情熱の在りかはどこだったのだろう。檀の言う「事」が起きた直後に書かれた「残りの太陽」と「波打際《なみうちぎわ》」

について、昂揚《こうよう》する気分のままに書いてしまったというところもないではなかったが、それ以上に、自分自身や妻である私に対する宣言であるという側面が濃厚にあった。しかし、入江さんとの生活が終熄《しゅうそく》に向かいつつあったこの時点で、檀はなぜ、何を書こうとしていたのだろう。

入江さんとのことは、檀にとって確かに大きな出来事だったと思われる。この五年間は、戦時中から終戦直後に至る数年間に匹敵する、波瀾万丈《はらんばんじょう》の日々だったことも間違いない。この時期のことを書こうとしたとき、『リツ子』と同じ連作の手法が浮かんだとしても不思議ではない。だが、そうした方法によって、何を書こうとしたのだろう。

檀に何かをはっきりさせたいという思いがあっただろうということは理解できる。何か――しかし、それはいったいどのようなものだったのだろう。『リツ子』は、律子さんの病と死を描くと同時に、檀自身の中国での放浪の日々について書こうとしたものだと聞いたことがある。では、この『火宅の人』において、檀は何を書こうとしていたのか。

ひとつには世間に対する弁明ということもあったろう。私に直接話してくれたことはないが、洩《も》れ聞くところによれば、いわゆる文壇バーで作家や出版社の方に会ったりすると、入江さんとのことでいろいろ言われることがあったという。面と向かった忠告や冷やかしだけでなく、当てこすりや皮肉もあっただろう。檀のことだからいっさい抗弁したりはしなかったろうが、ひそかにいまに見ていろという気持を抱いたとしても不思議ではない。いつかこの体験を小説として見事に昇華してみせるから待っていろ、というような。だが、それだけではなかったはずだ。

金銭的な理由というのもまったくなかったわけではなかった。収入的には流行作家としてのピークは過ぎており、永く大所帯の台所を支えてくれていた新聞小説の連載も途絶えようとしていた。『火宅の人』は、文芸誌を発表の舞台としていたから、さほど原稿料が高かったわけではないが、その収入も生活のためには無視できなかった。

しかし、そうは言っても、『火宅の人』の執筆をお金のためと考えることはできない。

檀の『火宅の人』の執筆開始は、私にとって災厄のようなものだった。あんなことを書かれてさぞいやでしょう。そう慰めてくれる友達に、「いいの、原稿料が上がったから」と答えたことがあるらしい。私はすっかり忘れていたが、そのように虚勢を張ることで傷つかないように振舞っていたのだろう。しかし、実際は、深く傷ついていた。

ある日、檀は中谷孝雄さんと帰ってくると、ポンと「新潮」の新しい号を手渡した。台所でお酒の支度をしながら檀が書いている頁《ページ》を広げ、拾い読みをした。読んで頭に血が上るのがわかった。「微笑」というその小説は、「残りの太陽」と「波打際」を合わせて整理したようなものだった。九割方は事実に基づいている。しかし、残りの一割には、微妙な変形と勝手な解釈が施されている。

「そんな！」

と声を挙げたくなる箇所がいくつもあった。私は平静を装《よそお》って給仕をしたが、胸のうちは激しく波立っていた。

以後、一年半のあいだに連作の五編が断続的に発表されることになる。次々と発表されるそれらの作品は、数年前に始まった入江さんとの「事」を中心に描かれたもので、ようやく塞《ふさ》がりつつあった私の傷口に爪《つめ》を立て、一気にカサブタを引きはがすような内容のものだった。

現実に起こった「事」によって私は苦しんだが、書かれたことでもういちど苦しみを与えられた。いや、現実の「事」より、書かれたことでもっと深く傷ついたといえるかもしれない。現実に対しては、怒ったり、泣いたり、喚《わめ》いたりして立ち向かうことができるが、書かれたことにはどのような対抗手段もないからだ。どんなことを書かれても、黙って受け入れるより仕方がない。

だから、『火宅の人』の桂ヨリ子という存在については、あくまでも小説の中の登場人物なのだと思おうとした。私をモデルにしているが私そのものではないのだ、と。しかし、ほとんどが事実に基づいているだけに、そう簡単に割り切れるものではなかった。

のちに入江さんは、『火宅の人』に書かれたことはほぼ事実の通りだと語っている。

実際、「微笑」については入江さんも眼を通しているはずだが、クレームはつけられなかったと檀は言っていた。唯一《ゆいいつ》訂正を申し入れられたのは年齢の誤りだったという。だが、私には訂正を申し入れたいところだらけだった。どうしてこんなことを書くのだろう。どうしてこんな風に描くのだろう。どうして……。

何度かは書くのをやめてくれと言った。入江さんとのことはともかく、私のことは書かないでくださいと頼んだ。子供の縁談にさわりますよとも言った。「新潮」の前任の担当編集者である菅原國隆さんから電話があったとき、

「どうしてあんなものを書かせるのですか」

と食ってかかったこともある。

勝手すぎる、と思った。しかし、考えてみれば、書くということは世界の中心に自分を置くことなのだ。どうしたって御都合主義にならざるをえない。

義母も檀に書かれることで傷ついたひとりだろう。檀は義母が若い医学生と出奔《しゅっぽん》したということを繰り返し書いた。義母には義母の言い分があったはずだが、檀が生きている間は好きなように書くことを許していた。その意味でも義母は出来た人だった。

檀の死後、義母は『火宅の母の記』という本を出して、事実をねじ曲げられたと思える部分を正そうとした。しかし、その義母ですら、私の眼から見ると、書く人の御都合主義からまったく逃れられているわけではない。

もちろん、檀について語っている私にしても同じことだろう。私は私の御都合主義から逃れることはできていないはずだ。人は、その身の丈に合わせて人を理解しようとするという。私は、檀を自分の身の丈に合わせ、ことさら卑小に語ってしまっているのではないかと恐れる。

『火宅の人』の桂ヨリ子は、しっかり者だが、どこか冷たい女として描かれている。私は決してしっかり者などではなかったが、檀に冷たいと思われていたところはあるのかもしれない。だが、それを強調するために使われている挿話を読むと、少し恣意《しい》的にすぎないかと思ってしまう。

たとえば、「事」の起こる二年前の落石事故だ。檀は奥秩父に遊んだ際、落石に遭って肋骨《ろっこつ》を折った。そのとき、事故の起きた中津川渓谷に迎えにいこうとすると、おまえは子供たちがいてたいへんだろうから、おふくろをよこしてくれと言われた。義母と車で帰ってきた檀は、いったん家に寄ったが、そのまま慶応病院に入院した。その慶応病院に、妻は一度も見舞いに来なかったと、いかにも冷たいという調子で書いている。だが、このときは、子供たちが次々とトビヒにかかり、おおわらわだったのだ。それに、無残な顔になった子供を連れていったりすると、見舞い客に対して義母が恥ずかしがるに違いないとも思えた。

また、私はひどい「出無精」で、たとえば家族で泳ぎにいこうというのに一緒に来ようとしないとも書いている。いかにもいつもそうだというようだが、実際は何度か一緒に行っている。行かなかったとすれば、常に何かの事情があってのことだった。檀が例に出している奥多摩への川遊びもそうだ。檀が泳ぎにいこうと言い出したとき、私はお弁当を作り、女中をつけて送り出そうと思った。それは一緒に行くのがいやだったからではない。何度か経験するうちに、帰ってからの夕食がいつも遅くなってしまうことが気に掛かるようになっていた。檀は、遠出から帰ってきたからといって安直な食事で満足するような人ではなかった。それなら私が残り、みんなが帰ったときにはおいしい夕御飯ができているという方がいいのではないかと考えたのだ。ところが、檀はどうして一緒に来ないのだと言う。そして、それを私の「出無精」の証拠として提出してしまう。

もちろん、檀もそうした事情はすべてわかった上で書いている。そして、そのことを私が察していなかったわけではなかった。しかし、さすがに「パンツ」の件では怒った。私がメリケン粉の袋を仕立て直したパンツをはいているというのだ。それは桂ヨリ子の質素さを描くものだと断り書きがされていても、やはり怒りは収まらなかった。

戦時中の酒造所の統廃合によって酒蔵を軍需工場に変えざるをえなかった私の実家は、戦後、綿布の製造に携わることになった。そのとき織った布があり、それを下着に利用したのだ。私が怒ったのは、いかにも無神経にゴワゴワの下着をつけていると書かれたことではなく、そうしたことを書くということそのものだった。私は怒りに任せてこう言った。

「もし私が佐藤先生のお嬢さんだとしたら、その下着のことを書きましたか」

私には、そのことが、実家の両親に対する冒瀆《ぼうとく》のように思えたのだ。

さらに、檀が入江さんとの生活を始めたあとで、私が徴妙に変化していくということを描くために、いくつかの挿話を書き記している。

たとえば、私が「株」を始めたという話が出てくる。

そのいきさつは、現実にはごくつまらないものだった。

以前から、石神井の家には邱永漢さんがよく出入りしていた。初めは邱さんが直木賞を貰《もら》われる前のことで、檀の応援を得たいというところもあったのかもしれないが、『香港』で受賞なさってからもお付き合いは続いていた。

あるとき、檀が石神井に帰ってきているというのを聞いて、邱さんが遊びにいらした。

そして、来るなり、

「私は今朝、もう三十万円も儲《もう》けてきました」

とおっしゃった。どうしてですかと私が訊《たず》ねると、

「株です」

といとも簡単にお答えになる。

「まあ、それでは、うちにも儲かりそうな株があったら教えてくださいね」

私が冗談半分に言うと、邱さんは翌日さっそく電話を掛けてきてくださった。ある中堅の建設会社の名前を上げ、これをお買いなさいと勧め、証券会社まで紹介してくださった。

そのとき、私は小金を持っていた。というのは、檀が出ていってからというもの、連載の一部から決まった額が入ってくるにもかかわらず、派手な使い方をする人がいなくなっているので、ある程度やりくりが可能になっていた。その結果、私は結婚以来はじめてヘソクリができるようになっていたのだ。

私は邱さんが推奨してくれた株を、紹介してくれた証券会社で買った。しばらくして、何かの折りに会った友達にそのことを話すと、私も買ってみようかなということになった。ところが、翌日、血相を変えてやってきて、「そんなもの決して買ってはいけないと父に叱《しか》られた」と言う。彼女のお父様は経団連の幹部だった。私も急に不安になり、証券会社にもうやめますと電話すると、わかりましたと言ってすぐにお金を届けてくれた。そのとき、株は危険もあるけど、投資信託なら安心だからどうですかと勧められ、銀行に預けておくよりはいいのだろうと始めることにした。以後、時折り、証券会社の社員が家を訪ねてくるようになった。

これが私の「株」にまつわる話のすべてである。ところが、それが『火宅の人』ではこのように変化してしまう。

《例えば細君だが、まだそんな年でもなさそうなのに、食堂の椅子《いす》の上に両足をあげて坐《すわ》りこみ、ジッと眼をこらしているのは、新聞の株式の欄である。三十分も、一時間も、そのおなじ株価の、おなじ頁に見入っていると思ったら、

「アタシ、今月になって四十万かせぎました」

「ほーう、株で？」

「ええ、あんまりあなたに御迷惑ばかりかけるの、厭《いや》になりましたからね」

この時の細君の、興奮と云《い》うか、誇りと云うか、男の愚劣さと無能を、ようやくハッキリ見きわめたと云うような、冷笑の異常さを忘れない。》

私はそんな坐り方をしたこともないし、そんな大金を稼いだこともない。そんな台詞《せりふ》を吐いたこともなければ、そんな笑い方をしたこともないはずだ。

しかし檀は、そうした挿話を積み重ねた上で、私の頑《かたく》なさというものについて言い及んでいる。

一緒に旅に出ようと誘っても、子供がいるからと断り、電車の席に坐るときも、必ず子供を間に挟んで自分と並んで腰掛けようとしない、などと書いたあとで、寝室以外のところでは接吻《せっぷん》をしたことがない、というようなことまで書いている。

そして、私のそうした頑なさの理由のひとつとして、「夫を殺す女」という話を持ち

出してくる。私は先夫が戦死したあと、その弟と再婚したが、これも戦死し、どこかで自分を「夫を殺す女」と思うようになったのではないか。それが私の心に傷を作っているのではないかというのだ。

それは半分ほんとだが、残りの半分はまったくの嘘《うそ》である。私は先夫の弟との結婚を勧められたが、結局お断りし、一夜妻にも二夜妻にもなることはなかった。だから、私が次々と「夫を殺す女」だということに拘《こだわ》っていたなどということもない。

しかし、「桂ヨリ子」がこうした書き方をされるということについては、納得できないまでも理解できないことはない。かりにそれが、「恵子」の奔放《ほんぽう》さと較《くら》べるために誇張して用いられているとしても、檀が私に対して以前から抱いていた感情の、ひとつのあらわれと考えることができるからだ。

ところが、『火宅の人』は次郎の病気のことから書き始められている。なぜ次郎の発病から始めなければならなかったのだろう。実は、私の『火宅の人』へのわだかまりのひとつはそこにあるのだ。

確かに「微笑」の冒頭のシーンは美しいと思う。

檀は、たまに家に帰ってくると、庭から次郎の病室の窓をのぞき込み、こう叫ぶ。

「第三のコース、桂次郎君。あ、飛び込みました、飛びこみました」

すると、どんなにむずかっていても、次郎の顔に「類《たぐ》い稀《まれ》な鎮静の微笑」が湧《わ》いてくるというのだ。

そして「微笑」の最後は、《私は細君とも別れ、恵子とも訣別《けつべつ》して、次郎と二人、どこぞ遠い山の中に暮らすことを、本気になって考えてみることがある》という思いを述べることで結ばれる。

だが私は、実際にそのような情景を見たことがない。「第一のコース、誰々君」という水泳競技のアナウンスの真似《まね》は、与田さんの息子さんで、のちに作詞家橋本淳として有名になる準介君の、少年時代の得意の口癖を借りたものだった。

吉祥寺に住んでいた与田家とは、近かったこともあって互いの家族同士の往来があり、準介君もよく遊びにきていた。やさしい性格の準介君は、年の離れた小さい太郎や次郎ともよく遊んでくれ、どこで覚えたのか「第一のコース、檀太郎君。第二のコース、檀次郎君」などと大声を出していた。

檀が嘘を書いたというのではない。私が見ていないだけで、そうした次郎と二人だけの透きとおった刻《とき》を持っていたのかもしれない。たとえ現実にはなかったとしても、檀がそのように夢見たろうことは間違いない。夢見た真実は私にも感じられる。だからこそ人を動かすことができるのだろう。しかし、いずれにしても私は、次郎の発病と入江さんとの「事」を結びつけるために、そのような挿話を用いることに引っ掛かるものを感じるのだ。

次郎の病気は檀もつらかったろう。いや悔しかったろう。だが、それを「事」の正当化のために利用するのは公平ではない。次郎のことと入江さんとのことは別のものであるはずなのだ。

「微笑」のその場面を読んだとき、私も半月とはいえ家を出てしまったので大きなことは言えないのだが、そんなに次郎のことを思っていてくださったのですか、と喉元《のどもと》まで出かかった。次郎の病気は次郎の病気として、そのままそっとしておいてやりたかった。

2

連作の発表は、檀が石神井の家に腰を落ち着けるようになるのとほとんど軌を一にしていた。

いざ、檀が居つづけることになると、私はどうしてあのように入江さんに対して激しく嫉妬《しっと》していたのだろうと奇妙な感じがした。最初のうちは、帰ってきたといってもまだどのくらい思いが残っているのだろうと測っているようなところがあったが、しだいにそうしたことも気にならなくなってきた。それが、私たち夫婦にようやく訪れた、安定期というものだったかもしれない。

ところが、着実に書き継がれていた『火宅の人』の連作も、しだいに間遠《まどお》になっていき、昭和四十年には一編も発表されなくなった。四十一年には「有頂天」の一編が発表されたものの、四十二年、四十三年と書きあぐむ状態が続くようになった。

それまでにも、『火宅の人』を書きつづけるということに関しての危機はあった。「火宅」の章で太郎の窃盗事件について書いたときのことだ。私はそれを読んで、ああいうことは太郎のためにならないから書かないでくださいと頼んだ。もちろん、私が言うまでもなく、書いた檀自身も内心では不安に思っていたようだった。ある文壇の会で、昔から檀を暖かい眼で見てくださっている河上徹太郎さんに、ああいうのを書いてはいけないよ、と忠告されたらしい。帰ってきて、ぽつりとそんなことを言っていた。だが、その心配は、太郎が「婦人公論」に素晴らしい文章を書いて応《こた》えてくれたことで消えた。

太郎は「『火宅』の父檀一雄を見つめて」というその文章で、小説に自分の少年時代の窃盗事件を書かれたことを恨んだり非難したりしないどころか、冷静に父親との日々を回想し、さらに《父は僕にとってけっして良い父親とはいえなかったかもしれないが、僕の今までの人生のなかにおいては、唯一《ゆいいつ》の師であった》と書いた。

それを読んだ檀は本当に嬉《うれ》しそうだった。

「ほっとしたね」

私に何度かそう繰り返した。

しかし、「火宅」の波紋はそれで終わらなかった。

朝日新聞の「文芸時評」で林房雄さんに手ひどく批判されたのだ。林さんは、檀の《私はグウタラな市民社会の、安穏と、虚偽を、願わないのである》という文章を引いた上で、《いったいグウタラなのは市民社会か、それとも桂一雄氏その人なのか？》と問いかけた。

林さんの批判は、小説に書かれている時期と書いた時期を混同しているところはあるものの、檀にとってはきついものだったはずだ。林さんが檀の処女作を最初に新聞で取り上げてくださった方だというだけでなく、以前にはかなり親しい付き合いをさせていただいていたようだったからだ。

その「文芸時評」が原因で、朝日新聞社が主催した福岡での講演会が中止になるという屈辱的なことも起きた。新聞紙上で「グウタラ」と批判されている人の講演会を、その新聞社が開くのはいかがなものか、というような曖昧《あいまい》な理由だったと聞いている。

他の雑誌や新聞の編集者からは、林さんに対する反論の執筆を勧められたが、檀は沈黙を守り通した。その危機は、かえって檀に執筆のエネルギーを与えることになった。意地になったということもあるのかもしれない。激しい勢いで連作を書き継いでいった。

しかし、その勢いもしだいに弱まっていった。

テーマがテーマだけに、家では書きにくかろうと、小島さんが新潮社クラブの執筆用の部屋を用意してくださる。ところが、そのクラブに入るのが一騒動なのだ。なかなかクラブに入らないので、小島さんが家まで迎えにいらっしゃる。檀が原稿用紙とか筆記具とか洗面道具とかを詰めたバッグを小島さんに渡すのを見て、私はそろそろ出発するのかと思い、

「いってらっしゃい、頑張ってきてくださいね」

と言って送り出そうとすると、檀はまた食堂に戻ってきて坐り込み、

「おまえさんは、頑張ればできると思うのか」

と講釈を始める。

「ねじり鉢巻きをすれば、いい原稿が書けると思うのか？」

要するに、行きたくないのだ。

しかし、一生懸命になってくれている小島さんの手前、誠意を見せなくては申し訳ないと思うのだろう、最後には仕方なくクラブに入るのだが、無為の時間を過ごすだけのことが多かった。

あるいは、書きたくない一心で、いずれ書くつもりのさまざまなシーンやストーリーを話すことで、お茶を濁そうとしたりもした。

檀は、終りが近づくにつれて『火宅の人』を書けなくなった。それはなぜだったのか。

確かに、ひとつはモデル問題があった。入江さんも冒頭の「微笑」には眼を通したと

しても、その後に書かれるものに関しては事前に読むことができなかった。断続的とはいえ、自分の過去の「情痴」について書かれつづけることは、当時三十代の入江さんにとっては、困惑を通り越して、怒りさえ覚えるものであったかもしれない。名前は変えられているが、読む人が読めばすぐにわかってしまう。故郷の福岡や所属する劇団で、やはり好奇の眼差《まなざ》しにさらされることになっただろうことは間違いない。まだ若く、さまざまな未来があるのだ。直接間接にやめてほしいという申し入れをしたことだろう。檀は入江さんから訴えられるかもしれないという意味のことを言っていたことがある。

また檀は、入江さんと付き合いがあったと思い込んでいた「右翼の大物」を異常なほど気にしていた。誰からか、「怒っている」という話を聞かされ、おかしいほど脅えていたことがある。

一般に、檀が『火宅の人』を書きあぐんだのは、広い意味でのモデル問題だと考えられている。確かに、檀は最後まで『火宅の人』を一冊にまとめることに不安を覚えていた。

しかし、私は少し違うような気がする。なぜ書けなくなったかは、そこで何を書こうとしていたかということにつながるように思う。檀は『火宅の人』で何を書こうとしたのだろうか。

檀の代表作は『リツ子その愛・その死』と『火宅の人』というのが一般的な評価だろう。『リツ子』は亡《な》くなった妻、『火宅の人』は愛人との「愛」を描いた作品だとされている。先妻と愛人を描いたものが代表作とされる作家の妻というのも不思議な立場だが、その二作を代表作とすることに私も異論はない。だが、それが「愛」を描いたものというのに対しては、ほんの少し異を唱えたいような気がする。それは、必ずしも、その相手が先妻であり、愛人であるからではない。

檀はよく口述筆記をした。幼いころの手の怪我《けが》を理由にしていたが、檀が口述筆記を好んだのはそれだけではない。傍《そば》に人がいてくれることが大切だったのだ。自分で書く場合も、書き出す前はもちろん、佳境に入るまでは、肩や足をもませたり、なにくれとなく世話を焼かれることを望んだ。

『火宅の人』はまったく自分で書いたが、『リツ子』は私も手伝わされた。いまでも、私が書いたいくつかのシーンを覚えている。

文学辞典などでは、『リツ子』は「愛妻物語」と簡単に要約されている。確かに、檀は律子さんを愛していたと思う。とても美しい方だったらしい。私も女にしては大柄だが、律子さんもかなり身長のある方だったという。結婚の早かった戦前、福岡女学院の学園祭でメイ・クイーンに選ばれるほどの美人が、数えで二十五歳まで嫁がれなかったのも、その身長に原因があったと檀に聞いたことがある。その折りだったか、律子さんの顔立ちを評して「エエラシカ顔」と言っていた。そして、私の顔のことを「エズイ顔」と言って笑っていた。福岡の方言で、エエラシカはかわいらしい、エズイはこわいという意味になる。

もっとも、それは檀の上機嫌のときのことで、ふだんは滅多に律子さんと私を比べるようなことを口にしなかった。それ以外に記憶があるのは、「リツ子のリツは戒律の律だし、ヨソ子のヨソは他所のヨソ、妙な名前の女房ばかりもらう」と、これもやはり笑いながら言っていたことくらいだろうか。

とにかく、その美しい律子さんを日本に残し、檀は中国を転々とした。帰ってくると律子さんは腸結核になっていた。その責任感もあっただろう、檀は幼い太郎の面倒を見ながら必死に病んだ妻の看病をした。それはまさに献身的といってよいほどのものだったらしい。

しかし、その時期のことを書いた『リツ子』を、単に「愛妻物語」と言ってしまうのにはためらいが残る。

実は、檀に『リツ子』の口述筆記を頼まれ、言われるままに書きながら、また、あとで発表されたものを読みながら、これでは律子さんもつらかったろうなと思うところが何ヵ所もあった。

檀には自分しか見ていないときがある。福岡に「アセガル」という言葉がある。「焦《あせ》がる」とでも当てるのだろうか。檀は焦がる人だった。檀には、常に、自分がいる場所から抜け出したいという思いがあった。ここで、こんなことをしていてもいいのか。献身的な看病を続けながら、心はそこにない。律子さんが、檀のその気持をわからなかったはずはない。『リツ子』には、焦がる檀の、焦がる気持がはっきりと出ている。

『リツ子』の中には、静子という女性が登場してくる。のちに、檀はその女性のイメージは、会ったころの私に似せたものだと説明することになる。しかし、静子と私とはまったく似ていない。もしかしたら、静子のある種の一途《いちず》さは若いときの私もいくらか持っていたかもしれないが、それくらいのものだ。

あくまでも静子は作り物の女性である。そして、『リツ子』における静子は、病んだリツ子に閉じ込められた現実から逃避したいという、檀の願望のシンボルとしての役割を与えられているように思える。

檀には、放浪の欲求と人恋しさが常に同居していた。よく人からは、包み込むような微笑を浮かべていると言われる一方で、近寄りがたい孤独さを感じると言われたりしたのも、その相反する欲求によったのではないかという気がする。確かに檀は、私でさえドキッとするような寂しい表情をすることがあった。

自分は家庭など持つべきではなかった。檀には、その悔恨に似た思いが常にあった。つまり、『リツ子』は、檀と律子さんとの「愛」の物語ではなく、焦がる檀の物語なのだ。

その事情は『火宅の人』でも変わっていない、と私には思える。『火宅の人』は、入江さんとの「愛」の物語ではなく、檀の情熱の物語なのだ。最初のうちは、入江さんと構えた「惑いの部屋」を中心に書くつもりだったかもしれない。しかし、すぐにそれでは収まり切れなくなってしまった。「惑いの部屋」にも、入江さんという相手ひとりにも。

檀は自分の情熱を「惑いの部屋」に留めておくことができなくなった。留めて書くことに飽きてきたのだ。

多分、そのころだったような気がするが、夜、床についてから、不意に自分が書きたい小説について話しはじめた。私は、昼間の疲れから夢うつつに聞いていたため、内容をほとんど覚えていない。ただ、海辺の嵐《あらし》の中で何かが起こるということと、そのときの檀の口調が真剣だったことが印象に残っている。

あるいは、そのとき話してくれたのは、「娘殺しの話」だったかもしれない。死ぬ直前、檀は雑誌に談話を発表し、そこで「もう一年でも」生きられれば、「写真家である男が、自分の娘を殺す話」を書きたいと言っている。そして、それはもうすでに頭の中でそっくりできているのだ、とも語っている。

檀の関心が次の小説に向かっていったのは、何がなんでも『火宅の人』を完成させようという決意より、そこから逃避したいという願望が大きくなってしまったことの結果なのではないかと私には思える。

もちろん、それ以外にもいくつか理由が考えられなくもない。たとえば檀には、『火宅の人』が完成すれば自分の代表作になるだろうという思いはあった。だが同時に、それによる決定的な評価を下されることを恐れる気持もあった。作品の出来ばかりでなく、私小説作家というレッテルが永遠に貼《は》られてしまうことへの恐れもあった。それが、次の小説として、私小説から遠く離れた、「娘殺しの話」を書きたいという夢になっていった。

しかし、『火宅の人』が難航しはじめた最大の理由は、何よりもその世界を書くことに飽きてきたからではないかと思える。それは、ここではない別の場所を夢見る檀と、同じ檀の心の動きによるもののような気がする。

だから、檀は別の土地を夢見るように、別の仕事を夢見た。そして、それは実際、別の土地に赴《おもむ》かせることになった。

3

仕事の上で『火宅の人』が難航するという困難にぶつかっていた檀は、この時期、私生活の上でも続けて不幸に見舞われた。

まず、昭和三十九年の春、師である佐藤春夫先生が亡くなられた。夜、その報《しら》せを聞いた檀は、蒲団《ふとん》の上に崩れるように坐《すわ》り込み、放心したようにつぶやいたものだった。

「困ったなあ……」

それは本当に途方に暮れたような響きがこもっていた。

佐藤先生のお弟子は何百といただろうが、そして、当時くすんでいた檀に比べればキラキラしている流行《はや》りの作家の方たちが何人もいたが、檀が弔辞を読むことになった。お弟子たちのあいだで葬儀の費用の分担があったはずだが、金のない檀はその工面ができなかったかもしれない。しかし、弔辞は心のこもったいいもので、のちに佐藤先生の息子さんが、檀の弔辞に涙が出たと雑誌に書いてくださって、私も安心した。

その半年後、こんどは次郎が死んだ。

死ぬ少し前から、次郎は秋津療育園という重度心身障害者のための施設に入っていた。それまでの九年間は家にいたが、すでにこのころには、次郎の面倒を見てくれていた看護婦が結婚のためやめており、すべてを私がするようになっていた。おかげで、次郎とのあいだに深く確かなものが通うようになっており、それが私の喜びにもなっていた。もう少ししたら学校に入りましょうねと言うと、嬉しそうに顔を動かした。しかし、十四歳になった次郎は、瘦《や》せてはいるものの身長だけは伸び、大好きな風呂《ふろ》に入れるのにも困難を覚えるようになってきた。また、私たち夫婦が元気なあいだはいいが、将来のことを考えると心配なところもある。そこで知人に勧められたこともあり、思い切って施設に入れることにしたのだ。

檀と二人で連れていくと、学校に入るのよという言葉がきいたのか、最初はとても喜んでいるようだったが、私たちが去るときには、体を固くして悲しそうにこちらを見ていた。かわいそうだったが、見て見ぬふりをして置いてきた。

ところが、園に入れたときから徐々に衰弱が始まった。環境の変化に体が対応できなかったのか、次郎なりの精神的な衝撃からか、何も食べ物を受け付けなくなってしまったのだ。急に具合悪くなってしまったとの報せを受け、慌《あわ》てて駆けつけたときにはすっかり瘦せ細っていた。

その日は一日ベッドの横で付き添いを続けたが、夜になっていったん家に戻った。なかなか寝つかれず、檀のお酒を呑《の》むと、涙がこぼれてきた。

次郎が死んだという連絡が入ったのは翌朝だった。あまりにもあっけない死だった。私は死に目にも会えなかったのだ。済まないことをした。施設になど入れなければよかったと後悔した。しかし、ある先生には十年が寿命と言われていた。発病から九年、まさにその寿命だったのかもしれないと思い返し、自分を慰めた。

檀は旅行中だった。中国から帰ってきた義妹を温泉に案内していたのだ。旅から急いで帰ってくると、檀は次郎の遺骸《いがい》に向かって言った。

「ごめんな下さい」

それは、発病前の四、五歳の次郎が、ごめんください、というのを可愛《かわい》く言い間違えては口にしていた言葉だった。

『火宅の人』が滞り、その作品の完成への情熱が薄れたかに見えるようになってきたこの時期、檀の口から南米旅行の夢が語られるようになった。太郎をはじめとする若い何人かの隊員と車で南米中を廻り、その後メキシコからアメリカにまで足を延ばそうというのだ。

本来、南米はさほど檀の好きな土地だったとは思えない。しかし、その旅行を機に、太郎を一人前にしたいと思ったようなところがあった。

太郎は、一時俳優座養成所に入っていたが途中でやめ、どのような道に進んだらいいか迷っていた。まだ二十代の前半だったが、すでに高校の同級生の晴子さんと結婚していた。檀はその太郎の将来を心配していた。

昭和四十一年、どうにか自動車を一台調達できたことで、まず、太郎が先発隊として二人の隊員とブラジルに向かった。だが、書類に不備があったらしく、肝心の車が税関に引っ掛かって陸揚げできない。太郎が結婚した相手の晴子さんには、ブラジルに姉がいた。三人はその嫁ぎ先である弓場《ゆば》農場にひとまず厄介になり、檀が来るのを待とうということになったらしい。しかし檀は、自動車問題が解決しないこともあって、なかなか南米行きの腰を上げようとしなかった。

そのかわりというわけではないが、福田蘭童さんたちの釣り旅行に付き合ったり、「ポリタイア」という季刊同人誌の創刊に関わったりした。私は、そのどれについても、檀に『火宅の人』の完成を遅らせたいという無意識のものがあったような気がする。そうした現実からの逃避願望、あるいは脱出願望とは別に、南米への大旅行がさらに難しくなった状況が生まれた。檀の体調が崩れてきたのだ。

それ以前から危険信号は発せられていた。

最初に倒れたのは家の中だったらしい。らしいというのは、あとで知ったことで、どのような状況で倒れたのか誰も気がつかなかった。檀の書いたものによれば、横になっていて、便所に行こうとして起き上がった瞬間、めまいがして倒れたのだという。しかし、倒れたのが蒲団の上だったので、部屋をのぞき込んだ女房も、気持よく眠っていると誤解し、そのまま廊下の雑巾《ぞうきん》掛けをはじめてしまった。それがうっすらとした意識の中でわかった、とも書いている。

二度目は浅草の路上で倒れ、そのまま病院にかつぎ込まれた。

その日は、檀がアメリカで世話になったアジア財団のルシール・ネピアさんが日本に来ていたので、近くアメリカに行くことになっていた知人を紹介しがてら、浅草を案内することにしていた。ちょうど与田さんのところの準介君が免許を取り、月賦《げっぷ》で車を買ったばかりということで、即席のお抱え運転手になってくれた。

私を含め総勢五人で浅草に向かい、国際劇場の近くで車を降りると、檀が突然妙なことを言い出した。

「あっ、耳が聞こえなくなった！」

「耳が聞こえない？」

私が聞き返すと、檀はその場で少し吐き、バタッと倒れた。準介君が慌てて近くの病院に走り、担架を借りて戻ってきた。そして、担架に乗せると、知人と二人で病院に運び込んでくれた。しかし、檀はすぐに正常な状態に戻り、病院で何も手当を受けないまま帰宅した。その日、檀は風邪を引いており、風邪薬を飲んでいた。きっとそのせいだろうということになった。

聖路加《せいろか》病院に入院することになったのは、それからしばらくしてのことだ。寝汗をかくようになったのが気になっているところに、知り合いの方が紹介してくれるというので、ぜひ検査をしてもらいたいと思ったのだ。

私は入院する際に付き添っただけでなく、料理を作って持っていったり、郵便物を運んだりと、何度か病院に足を運んだが、そこには入江さんも見舞いにきたというから、この時点ではまだ交渉が途絶えたわけではなかった。

入院して何日目だったか、銀行で用を済ませ、外に出てすぐ前の停留所を見ると、聖路加病院の近くに行くバスが通っている。檀にあらかじめ言ってはおかなかったが、都合がいいので見舞いに行ってみようと思い、そのバスに乗った。私が病室に入ると、ベッドの上の檀は、

「ヒーさんが来てないか心配でスパイにきたのだろう」

と冷やかすように言った。

そう言われたことは不愉快だったが、そんなことに腹を立てるより、檀の倒れた原因がわからないことの方が心配だった。

だが、聖路加病院では、どこも悪いところは見つからなかった。

洋服が重く感じられる、と言うようになったのはそれからしばらくしてのことだ。

ある日、買物に行くという檀に、キルティングのようなものでできた半纏《はんてん》を肩に掛けると、

「弱ってくると、日ごろ何とも思わないものが重く感じられるようになる」

と言った。

それはかつて檀が書いたこともある木曾義仲の言葉だった。源義経の軍勢に追われた義仲が、木曾の勇将今井四郎兼平と再会できた嬉《うれ》しさに、思わず弱音を吐く。それは、檀の『木曾義仲』ではこうなっている。

《「思うサマ打ち敗《ま》けたワ。日ごろは何とも思わぬ薄金（鎧《よろい》の名）さえ、重く感じられてナ……」》

そして、檀は、

「本当にそうなんだよ、おっかん」

と言った。

また別のある日、足袋を履くというので、簞笥《たんす》から足袋を出した。すると、檀は足袋をはきながらひとりごとのように言った。

「足が小さくなったなあ」

私はその直前、梅崎春生さんのエッセイの中に、病気をしたら足が小さくなったと書いてあるのを眼にしていた。私は檀の言葉にびっくりして、

「えっ」

と声を出して振り返った。

すると、私の切迫した様子に驚いたのか、

「そうなんだよ、忘れていたけど、僕は蒲柳《ほりゅう》の質《たち》だったんだよ」

と笑いに紛らせた。

しかし、当人も気になり出したらしく、顔色が悪いか、と訊《たず》ねてきたりした。確かに悪くなっていたが、ええ、とても悪いです、とは言えず、中谷先生も顔色は悪くていらっしゃるけどお元気だし、などと言葉を濁していた。

とても痩せてきた。そこで、一緒に風呂に入るようにした。すると、下半身のあちこちに、紫の斑点《はんてん》が出ている。私が驚くと、

「昔ケガしたところが年をとると出てくるのかなあ」

と言う。

それはしばらくすると消えたが、私の不安は増した。

「少しおかしいような気がする」

久しぶりに日本に帰ってきた太郎に言うと、

「チチももうすぐ六十だよ、少しくらい悪いところも出てくるよ」

と笑われた。

太郎ばかりでなく、檀を知る多くの人に、私の心配は取り越し苦労だと思われていた。それというのも、檀がとてつもなく頑強な人だったからだ。誰もが、八十、九十まで生きる人だと思っていた。あんな丈夫な人だから、と誰も檀の長寿を疑わなかった。

檀の威勢のいい啖呵《たんか》に、「諸君はやがて、八十歳の破滅派を見るであろう」というのがある。

私たちは、八十どころか、九十の、百の、という言葉が少しも大袈裟《おおげさ》なものではないと思っていた。

檀は自分があまりにも壮健であるため、他人の疲れが理解できない人だった。病者に対する同情心に欠けていた。それは冷たいからではなく、病気というものの経験が乏しかったからなのだ。それには、結核で苦しんでいた律子さんも、かなり悩まされたようだ。私も病気で臥《ふ》せっていると、仮病なのではないかと疑われたことがある。唯一《ゆいいつ》、檀が同情を示してくれるのは、歯の痛みだけだった。健康すぎるほど健康だった檀が、それだけは経験したことのある「病」だったからだ。

むしろ、私は十歳年下だけど最後まで世話し切れるだろうか、私の方が先に参ってしまうのではないか、と心配していたくらいだった。

その檀の体に、次々と不安な兆候が現れてきた。

最初は鼻血だった。よく鼻水が出るようになり、鼻をかむと血が混じるようになった。

あるとき、檀の九州の友達で石田光明さんという医者の奥様と電話で話をしていた。用件が終わり、なんとなく気になってその話を持ち出すと、奥様は少し真剣な調子で言った。

「たとえ鼻血であれ、血を見たら心配しなくてはいけませんよ。疑わなくてはいけませんよ」

私は急に不安になった。もしかしたら、鼻の奥のほうにガンでもできているのではないだろうか。「ポリタイア」の同人で、近畿大学の総長をなさっていた世耕《せこう》政隆さんがお見えになった折りに言うと、こんどは軽くいなされてしまった。

「いや、鼻の奥の粘膜はとても弱いから、少し強くかめば血ぐらい出るもんですよ」

ところが、そのうちに血尿が出た。

ある晩、檀が帰ってきたのを玄関に出迎えると、どこからかゴキブリが出てきた。私はキャーキャーと声を上げながらスリッパ片手に追いまわした。すると、居間に坐《すわ》った檀が不意に怒り出した。

「何が嬉しいんだ、俺に血尿が出ているというのに」

これは大変だということになり、どこかへ入院させなくてはならないと言っていると、世田谷の国立大蔵病院に入院していらした坪井さんが、俺が退院するからそのあとに入ればいいと、段取りをつけてくださった。

入院して、検査をした。尿だからということで、膵臓《すいぞう》を中心に検査したがどこも悪くはなかった。お医者様は、どこも異常はないが、強いて挙げれば肝臓がいくらか弱っている、とおっしゃった。それ以後、檀も私も肝臓を気にするようになってしまった。思い当たる節はあったし、どこかが悪くなっているはずだという先入観もあり、肝臓、肝臓ということになった。私たちは肝臓ガンを心配するようになったのだ。のちに肺ガンとわかるまで、檀は肝臓の薬を忠実に飲みつづけた。レントゲンでは肺の異常は出てこなかった。胸の痛みは、入江さんに蹴《け》られたときの後遺症と思い込んでいた。

第六章

1

檀がヨーロッパに行くことになったのは、ポルトガルに流れついた志村孝夫さんの手紙に心を動かされたからだった。志村さんは、南米旅行の隊員として太郎と一緒にブラジルに渡り、その後、檀の計画が空中分解してからは、アメリカ、ヨーロッパと放浪の旅を続けていた。その志村さんが、ポルトガルにサンタ・クルスという海辺の町を見つけて住みついた。そこから書き送られてくる手紙に、檀の旅情はかき立てられることになった。

昭和四十五年十月末、あと少しとなっていた『火宅の人』を完成させることなく、檀はヨーロッパに旅立っていった。

不思議なことに、檀の体調は、ポルトガルへ出発する二ヵ月ほど前から、あれはやはり私の取り越し苦労だったかしらと思えるほど回復してきた。だが、旅先の檀の体調にまったく不安がなかったわけではない。

私は、サンタ・クルスに居を構えた檀に、頻々《ひんぴん》と手紙を書き送った。雑誌の原稿や本の出版についての事務的な連絡もあったし、送ってくれるようにと頼まれた日用品についての伝達事項もあった。檀が日本を離れた直後に三島由紀夫さんの自決があり、かつて青年時代の三島さんが律子さんと住んでいた家に訪ねてきたということを聞き知っていたので、事件の経緯が記された新聞や週刊誌の切り抜きを送ったりもした。もちろん、手紙の主たる内容は家族の動静を知らせることだったが、その文面にはどうしても檀の体を心配する言葉が入ってしまったものだった。のちに檀がポルトガルから持ち帰ってくれた私の手紙には、微《かす》かだがそうした不安が滲《にじ》み出ている。

厳しい父がいなくなって、子供たちはのんびりしていた。のんびりしていたのは子供たちだけではない。家にいれば、どこか緊張を強いられるところのある夫がいなくなって、私も気の抜けたような生活をしていた。

しかし、一ヵ月もすると、なんとなく家中が弛緩《しかん》して、少しピリッとしたものがほしいような気がしてくるのが不思議だった。

正月には、当時、出版社として最も親しい付き合いをしていた皆美社の関口弥重吉さんと石川弘さん、それに画家の関合正明さんの三人が、サンタ・クルスの檀のもとを訪れた。

石川さんは一月中に帰られたが、関口さんは二月まで残り、檀が借りた家の庭に立派な野菜畑を作ってくださったという。そして、関合さんは四月までサンタ・クルスに滞在された。

四月の下旬に志村さんと一緒に帰国すると、関合さんはすぐに電話を掛けてきてくださった。サンタ・クルスにひとり残った檀の様子を知らせてくれようとしたのだ。その中で、関合さんはいきなりこんなことを言って、ふわふわと生活していた私を動転させた。

「檀さんはアル中ですね」

そして、こうも言った。

「あれはガンではないと思いますよ。私は長いこと木山捷平さんのガンを傍で見ていましたが、檀さんの状態とは違う。あれはアル中です」

私には信じられなかった。檀は決してアル中になるような人ではなかった。一般には太宰さんや坂口さんと共に無頼派と括《くく》られることが少なくないが、およそ生活態度は無頼とは正反対の節度のある人だった。お酒の呑《の》み方ひとつにしても、乱酔するような無謀なことは滅多にしなかったし、呑むときは必ず何か食べ物を一緒にとっていた。その檀がアル中になってしまったという。本当だろうか。私には信じられないが、ポルトガルで間近に檀を見てきた人が言っているのだ。恐らく、その通りなのだろう。考えられるとすれば、やはり肝臓への不安が消えず、ガンを苦にしてのことではないだろうか。

翌日、石神井までいらしてくれた関合さんから直接話をうかがったが、電話でお聞きした以上のことはわからなかった。

関合さんの話を聞いて以来、私は不安で一杯になった。酒を呑み過ぎ、肝臓にガンの症状のようなものが出ているのではないか。その不安を紛らすためにさらに酒を呑む、という悪循環に陥っているのではないか。もしこのまま放っておけば野垂れ死にしてしまうのではないか……。

異国の地で、ひとり悩んでいる檀を思うと、私は居ても立ってもいられなくなってきた。遠く離れたところで苦しんでいる人がいるというのに、自分は何もしてあげることができない。私にはそれがたまらなかった。


……昨夜、考えていたことですが、あなたのご病気のこと、私はガンの心配ばかりしておりますが、心配すべきはガンではなく、アル中のことこそ、一生懸命心配しなくてはならないのではないでしょうか。

あなた、この手紙、読んでくださっていますか？　どうか、ゆっくり読んで下さい。私は一晩中寝もやらず考えたことを、こうして二三枚の紙の中に書いております。思いがあふれて涙になってこぼれます。決して甘い話ではないのです。是非、お酒を減らして下さい。アル中を何とか克服していただきたいのです。

以上は、思いすごしのことかもわかりませんが、旅行中、お酒をよく召し上がる話を聞き、内心鼻血のことを心配していらっしゃるのではないかと存じ、昨夜考えたこと、書きしるしました。

関合さんは、「ポルトガルを出発する頃はとても元気だった」とおっしゃってましたし、何の心配もないかと存じますが、アル中で倒れたら、それは失敗だと思うのです。ブザマといえば、人の心を、ものの哀れを知らなさすぎると怒られそうですが、絶対、アル中なぞで倒れたらいけません。これから毎日手紙を書きます。頑張って下さい。苦しくても、悲しくても……。

私は、ペンと便箋《びんせん》を手に、一日中うろうろと思いは飛んでいるのです。


この手紙を投函《とうかん》したとき、私はほとんど決心していた。ポルトガルへ行こう、と。

それまで外国に行ったことなど一度もなかった。ふだんならどんなに親しい方に誘われてもお断りしただろう。外国どころか、国内でさえひとりで旅行することはなかった。その私が、ヨーロッパも西のはずれのポルトガルへ、ひとりで行こうなどというのは無謀としか言いようのないことだったろう。その決心を妹に話すと、それよりまず檀さんに帰ってもらうことの方が先決ではないか、と忠告された。確かに妹の言うとおりだった。しかし、帰ってほしいという手紙を読んで、檀が素直に帰るとは思えなかった。

留守宅の生活が困らない程度のお金は入ってきていたが、私がポルトガルへ行けるほどの余裕はなかった。だが、私の決意は固く、太郎の嫁である晴子さんの実家に借金をするようなことまでして、必要なお金を集めた。

パスポートを取り、航空券を買った。そして、すべての手筈《てはず》が整い、出発の飛行機が決まったところで、その日時を知らせる電報を打った。私には、来る必要はないと拒絶されるのではないかという恐れがあった。ところが、それに対する返事の電報は、「お待ちしている」という内容のものだった。私の不安は、その電報でさらに膨《ふく》れ上がった。もしかしたら、よほど悪いのではないだろうか。だから、助けを求めているのではないか。その不安に比べれば、ひとりでパリに行き、さらにリスボン行きの飛行機に乗り換えなければならないことへの不安など、たいしたことはないと思えるほどだった。

2

アンカレッジを経由してパリに着いた私は、あらかじめお願いしておいた航空会社の職員の方に案内され、簡単にリスボン行きの飛行機に乗り込むことができた。リスボンの空港には、檀が迎えにきてくれているはずだった。それは安心だったが、どのように面変《おもが》わりしているかということの不安もあった。

心配していた入国審査も簡単に済み、税関の検査も問題がなかった。ゲートを通過して出ていくと、向こうに檀の姿が見えた。緊張していた私はほっとした。

檀は、私の姿を認めると、無言ですっと右手の人差し指を顔の前に掲げた。それは心が弾んでいるときの癖のようなものだった。そのときの檀のその仕草は、「ここにいるよ」ということだったのかもしれない。「よく来たな」という意味も含まれていたかもしれない。しかし、そこには、私たちの二十五年に及ぶ日々に対する深い思いが込められているように思えた。

近づいていくと、黒く陽に焼けている。それまで心配していた私が馬鹿《ばか》に思えるほど健康そうだった。なんだ心配してこんなところまで来て損をした。いつもの私ならそんな風に思ったかもしれない。しかし、そのときは素直に嬉《うれ》しかった。よかった、と思った。

「お加減はいかがですか」

私が訊《たず》ねると、檀は笑って答えた。

「酒もそんなに呑んでいないし、毎日海岸を走っているのでなんともない」

そして、ポケットからポルトガルのコインを取り出すと、私の手のひらに載せて言った。

「これから少し長く車に乗る。トイレに行っていらっしゃい」

檀にはこうしたこまやかな心遣いをするところがあった。私は言われた通りトイレに行き、そこで初めて中に坐《すわ》っているおばさんにお金を払って用を足すという経験をしたのだった。

空港の外には、サンタ・クルスで雇ったタクシーが待っていた。乗り込むと、檀が言った。本当は鉄道の方が沿線の景色はいいのだが、長旅で疲れているだろうからおっかんの歓迎の意味でタクシーにした、と。そして、おなかはすいていないかと言いながら、サンタ・クルスで用意してきたお弁当の包みを広げた。そこには、檀の手作りのサンドウィッチとポルトガルの苺《いちご》が入っていた。私は胸が熱くなった。

ポルトガルの空気は爽《さわ》やかだった。いや、ポルトガルの六月の空気が爽やかだったのかもしれない。来た当座はまだ肌寒さが残っていたが、カラリと乾燥した空気が心地よかった。

初夏のサンタ・クルスは、空気が気持よかっただけでなく、花や草木も美しい装《よそお》いをしてくれていた。海に面した丘には、私たちが幼いころにロンドン草と呼んでいた、松葉牡丹《ぼたん》に似た花が一面に咲いていた。

私は、檀の体が心配するほどのことはなかったという安心感も手伝って、サンタ・クルスで晴れ晴れとした気分を味わうことができた。それは、着いた翌日に真鍋呉夫さんに書き送った手紙にもいくらか表れている。真鍋さんへの手紙は、関合さんの話を聞いて動揺した私が駆け込み、心配を掛けたお詫《わ》びの意味もあった。

石神井のみな様お元気でいらっしゃいますか。お陰様でサンタ・クルスの町に辿《たど》りつく事が出来ました。青い青い空と輝く太陽ですが、肌寒くて、夏支度ばかりの私はふるえております。あんなに大騒ぎして心配した檀の体調は全く健康に思えますが、顔色はドス黒くやつれが感じられます。

庭の野菜は、予想以上の出来栄《できば》えで、トマト、大根、ほうれん草、パセリ、ラディッシュ、唐もろこし等々、それはそれは見事に出来て、玉葱《たまねぎ》など生のまま大変おいしゅうございます。

昨日、七キロばかりの道を海岸づたいに歩かされまして、檀の建築予定地迄《まで》連れてゆかれました。

片や雄大な海、片やなだらかな丘陵で、途中這《は》うようにして咲いている花の草原で休みましたが、花が綺麗《きれい》な色のまま、カラカラとドライフラワーになっているのにはびっくりしました。沿道にはチラチラと赤い小ぶりのケシの花が風にゆれ、遠く、あちこちに群をなして赤い屋根白い壁の家が点在しております。全く夢の様ですが、どうしても石神井のこと、その他のことは私から離れませず、我ながら、悲しい性《さが》だと、自分を励ましております。

十月迄はどうしても帰らないそうです。と申しますのは十月で丁度まる一年、「来たり去りゆく人」とか何とか、そんな風な作品を考えている様です。

これから、庭のタライにいけたうなぎを料理するそうです。ポルトガル迄来てうなぎ料理とは、どういうことでしょうか。

大きな声で呼んでおります。では留守中のことどうかよろしくお願いします。

申し遅れましたが、山椒《さんしょう》の佃煮《つくだに》とても喜ばれました。有難うございました。

手紙の中の「建築予定地」というのは、檀が自分の家を建てたいと言っていたところだ。

それとは別に、海辺に建っている廃屋を王宮と呼んだり、断崖《だんがい》の上の岩場を奥座敷とか玉座とか名付けて悦に入っていた。そうしたことは、子供たちにお父さんではなくチチと呼ばせたことを含めて、佐藤春夫先生の影響だったと思う。佐藤先生が信州の佐久にお住まいになっていたとき、同じように大きな岩の上を書斎とか別荘とか呼んで、面白がっていらしたという話を聞いたことがある。

私が少し落ち着いたと見ると、檀はポルトガルのいろいろな町を案内してくれはじめた。

檀がサンタ・クルスに行くという私を拒まなかったのは、ひとりきりになって人恋しかったということもあったろうが、私に異国を見せたいという思いもあってのことだったらしい。そういえば、前回のヨーロッパ旅行の際の絵葉書にも《あなたは人生を楽しむことを知らないから、是非共、欧米に来てみたらいい》という一節があった。

近くはエリセーラやマフラ、遠くはコインブラやポルトまで足を延ばした。

目的地に着くまでは、大部分が葡萄《ぶどう》とオリーブの畑だった。そこに白壁とオレンジ色の瓦屋根《かわらやね》の家が四、五軒の集落を作っている。北のポルトへ行く途中はユーカリが多く眼についた。ユーカリやオリーブの葉は薄く埃《ほこり》をかぶったように白っぽい色をしている。ところが、たまにオレンジの畑があると、その葉だけは日本の樹木の緑のように青々としている。私には、そんな何でもないことまでが心に染《し》みた。

ポルトへは、私が行く前にいちど訪れたことがあったらしい。そのとき、あのエッフェルが設計したというドナ・マリア・ピア橋を汽車で渡った。コンパートメントを出て、通路に立って眺めていると、後ろからポンと肩を叩《たた》かれ、ポルトガル人にこう言われたのだという。

「どうだい、素晴らしいだろう」

檀はその経験を面白がり、私にもその鉄橋を渡らせたいと思ったらしいのだ。

幸運にも、ポルトではサン・ジョアン祭にぶつかった。

マフラという町では、古い修道院を訪れた。私たちが、その前の喫茶店でコーヒーを飲んでいると、凜々《りり》しい軍服を着た若い兵士たちがさっと入ってきた。修道院の一部が兵舎になっていたのだ。私は、ふと、その若者たちの中に、『赤と黒』のジュリアン・ソレルがいるような気がした。

来るときには素通りしたリスボンにも、何度か足を運んだ。まるで大正時代の日本のように、街がしっとりと落ち着いていて、上流階級の婦人が優美なのが印象的だった。

こうした旅の中でも、小さな齟齬《そご》がなかったわけではない。

サンタ・クルスでは、檀の部屋にはダブルベッド、私にくれた部屋にはツインのベッドが入っていた。檀は私が自分の部屋で寝ようとすると不機嫌になった。檀の部屋のダブルベッドに一緒に寝ることを好んだ。好んだというより、夫婦というものは、あるいは男女というものは、同じ部屋の同じベッドで寝なければならないと信じているように自分の部屋のダブルベッドに拘《こだわ》った。しかし、私のような者には、ダブルベッドというのはいささか寝心地の悪いもので、とりわけ檀の部屋のダブルベッドはスプリングに妙な癖がついており、檀の寝返りひとつで眼が覚めてしまうことがよくあった。檀が同じベッドで寝ることを望んだのは、家においてだけでなかった。旅先で泊まったホテルの部屋がツインでも、自分で動かしてダブルベッド様のものにしてしまう。そして、肌を接するようにして休むのだ。

ポルトのホテルに泊まったとき、私たちはツインの部屋に案内された。しかも、ベッドは固定されて動かしようがない。私はこれで落ち着いて眠れると安心した。しかし、そこが私の愚かなところだが、心の中で思うだけにしておけばいいのに、つい「まあよかった」と口に出して言ってしまった。すると、こちらがびっくりするほど真剣に檀が怒りはじめた。

檀には、女性の体に対する癒《いや》しがたい飢えのようなものがあったような気がする。その飢えとは、直接性的な欲望に結びつくものではないが、柔らかいもの、暖かいものとしての女性には、常に自分の傍にいてほしいという強い欲求があった。触れていたい、触れられていたい。もちろん、女性なら誰でもいいということではなかったろうが、その欲求は相当に強いものだったと思う。それを、幼いころに母親と別れて暮らさなくてはならなかったから、というところに求めるのは短絡的に過ぎるかもしれない。しかし、その経験は、常にひとりであることを欲しながら、同時に人とあることを欲するという、檀のまったく正反対の欲求を生み出したようにも思える。私はあるとき冗談のように言ったことがある。あなたが望んでいる孤独というのは、新宿裏の孤独なのですね。人に会いたくなれば、いつでも人に会えることが必要なのですから。それに対して檀が何と言ったかは覚えていない。私がそんなことを言うのは、よほど檀の御機嫌がいいときを見計らってのことだったろうから、檀はただ笑っていただけかもしれない。

サンタ・クルスでは、すべてが女中任せだった。私が片付けたり洗い物をしようとすると、ここでは女中に任せないと馬鹿にされますよ、と言われたり、おっかんは楽しむことが下手ですね、と言われたりした。しかし、どう言われようとも、何年にもわたってただひたすら家事をすることで明け暮れていた私には、何もすることがないということは退屈を通り越して苦痛ですらあった。つい「これでは格子《こうし》なき牢獄《ろうごく》だわ」などと余計なことを言ってしまったりした。

一ヵ月、二ヵ月と過ぎていくにしたがって日本の留守宅が気に掛かりはじめた。ふみは大学受験を控えた大事な時期に入っていたし、留守を頼んでいる晴子さんには一ヵ月の約束で来ていることも心配の種だった。

私が日本に長めの手紙を書いていると、檀は少し不機嫌になって、こう言ったりした。

「長い手紙を書いていいのは太宰だけ。用件だけ書けばいい」

唐突だったが、このように太宰治さんの名前が出てくることはよくあった。私はお眼にかかったことはなかったが、青春の一時期、檀と太宰さんは濃密な関りの中で生きていたらしい。太宰さんが玉川上水で心中なさったときは、夜を徹して詩を書いたという。

それが「さみだれ挽歌《ばんか》」という長詩になった。檀にとって、太宰治の名前は、同じ文学に携わるものとして複雑な感慨をもたらすものだったらしい。親しい友であるとともにライバルであり、しかも自分はとうてい及ばぬ天才と認めざるをえない相手でもある。

だが、こんなことがあった。太宰さんのもうひとりの遺児である太田治子さんが、『青春失恋記』でデビューなさった。作品が映画化され、その撮影が石神井の近所であったらしく、ある日、治子さんがお友達と三人で訪ねてみえた。以前、治子さんが赤ちゃんのころ、お母さんで『斜陽』のモデルでもある静子さんといらっしゃったことがある。当時は、太宰さんが死に、母子は困窮の極みにあったころだった。しかし、その苦労の甲斐《かい》あって治子さんは立派に成長し、映画化される作品まで出版なさるようになった。

治子さんは二時間ほどでお帰りになったが、そのあとで檀は子供たちを集めて怒った。見送りに出ていらっしゃいというのにどうして出てこなかった、というのが怒りの原因だった。驚いたのは、そのあとの檀だった。

「あの人はね、とても悲しい人なんだよ」

そう言うと、激してきた感情を抑え切れなくなったらしく、ハラハラと涙を流したのだ。滅多にそういう姿を見たことのない子供たちはびっくりしてうなだれたことだった。

もちろん、私は家族への手紙に太宰さんのような名文を書こうとしていたわけではなく、気に掛かることをあれこれ書いているうちに、だらだらと長くなってしまっただけなのだ。

サンタ・クルスの郵便局は、海に突き出た崖《がけ》の上にあった。そのポストに手紙を投函《とうかん》しに行っては、前に広がる大西洋の海の水に見入った。そして、この水は日本にもつながっているのだなあと思ったものだった。

来た当座は、私を歓迎してくれているように思えた海辺の丘の赤い花々も、いつまでも枯れずに色鮮やかに咲き乱れる姿を見ているうちに、荒々しい海に媚《こ》びる女性の口紅のように感じられ、鬱陶《うっとう》しく思えてくる始末だった。

当時、ポルトガルの滞在にはビザが必要で、一週間ごとにペニシという港町までビザの書き換えにいかなくてはならなかった。ペニシで書き換えが終わるごとに、

「ああ、もう一週間いるのだ」

と思うようになった。

そして夜、向かいの別荘に滞在しているイギリス人一家の台所から、食器を片付けるガチャガチャという音が聞こえてくるたびに、心から思ったものだ。

「私もやりたい！」

と。

そうこうしているうちに、いよいよ日本に帰ることになった。私が日本から持ってきたドルはそっくり檀に渡してあったが、それはもちろんのこと、檀の所持金自体も乏しくなってきていた。そこで、私が日本に戻って送金しなくてはならなくなったのだ。檀の懐《ふところ》具合が寂しくなるのも当然だった。どこかの町に出掛け、店で面白い物を見つけると、どんな高価な物でも買わないではいられなくなる。いくらかは迷ったあげく、それでも「佐藤春夫が見たらきっと買うな」と弁解するように言っては、買ってしまう。そんなことを繰り返していたのだ。

七月下旬、檀はパリまで送ってくれた。私にパリを案内してくれようとしたのだ。しかし私は、そこで泊まったのが、かつて檀が滞在したことのあるホテルの、とてつもなく豪勢な部屋だったことに腹を立てた。私たち二人が泊まるだけなのに、使用人を引き連れた大金持ちの家族が泊まれるほどの広さがある。ベッドルームが三つ、バスルームが二つ、それにキッチンまでついている。檀の持っているドルはもう手をつけられなかったから、パリでの費用は私の日本円を充《あ》てざるをえなくなりそうだった。それは、日本に残してきた晴子さんや子供たちへの土産物を買うつもりで残しておいたお金だった。それなのに、こんな高いホテルに泊まるとは、と腹を立てたのだ。私には、こんなところに泊まるくらいなら、日本のみんなに土産物のひとつでも買っていってやりたいという思いがあった。一方、檀には、せっかく私がヨーロッパに来たのだから、とびきりの経験をさせてやろうという気持があった。

しかし、そのことで喧嘩《けんか》になってしまった。

「そのお金は東京に持って帰ります」

私が言うと、檀は本気で腹を立てた。

「なんで持って来たものを持って帰らなくてはならないんだ」

そして、最後には、こんな捨て台詞《ぜりふ》を吐くことになった。

「それならこのライカを売り飛ばせばいいのだろう」

もちろん、お金は持って帰りはしなかったが、一週間のパリの予定を三日で切り上げ、オルリー空港から帰ることになった。

空港のカフェでお茶を飲み、別れてゲートに入った。

「おっかんは嬉《うれ》しいだろうな、子供たちと会えて」

それが檀の別れ際《ぎわ》の言葉だった。

ゲートで振り返ると、逆光となった光の向こうに檀の黒い影が消えていくのが見えた。そのとき急に悲しくなった。どうして檀の思いを素直に受けなかったのだろう。どうして喧嘩などしてしまったのだろう。

飛行機に乗り込むと、離陸までのあいだ機内に静かな音楽が流れた。何の音楽かはわからなかったが、それがまた悲しく響いた。あるいは、窓の外を見ながら私は涙を流していたかもしれない。日本人のスチュワーデスが、ことのほかやさしく世話を焼いてくれたから。

日本に着いてからも、喧嘩別れをしてきてしまったことが心に残った。

石神井の家に帰った翌日、旅行鞄《かばん》の中身の整理をしようと、鍵《かぎ》を開けた。すると、セッケンの匂《にお》いがプーンと漂ってきた。

サンタ・クルスでは、女中が洗濯までしてくれた。「ポルトガルの洗濯女」という歌があるが、ポルトガル式の洗濯は、洗濯機など使わず、たっぷりセッケンをつけて洗う。水洗いしてもすっかり洗剤は溶け去らず、乾いた洗濯物からはセッケンの匂いが立ちのぼる。

旅行鞄を開けて匂ってきたのは、サンタ・クルスで女中が洗っておいてくれた、洗濯物のセッケンの匂いだった。私はそこでまた悲しくなった。

3

私はサンタ・クルスの檀に手紙を書きつづけた。檀からも絵葉書が何通も届くようになった。

当初は、出発して一年目を過ぎた十一月初旬には帰国するつもりだったらしい。帰りのチケット代がないため、こちらからパリの日本航空の支店で航空券を受け取れるように手配した。ところが、どういう手違いか檀のもとに届かず、そのため十一月以降もヨーロッパに留まらざるを得なくなった。

その間、檀はずっとサンタ・クルスに腰を落ち着けていたわけではない。スペイン、スイス、オーストリアからドイツを経て、北欧を旅行したり、アフリカのモロッコに足を延ばしたりした。

ロンドンのヒースロー空港から「2HI 1635 HANEDA TSUKU JAL 422 DAN」という簡単な電報が飛び込んできたのは、昭和四十七年の二月二日のことだった。

その電報どおり、日焼けした坊主《ぼうず》頭の檀は、二日午後四時三十五分羽田着の日本航空機で帰ってきた。実に一年五ヵ月に及ぶ長い旅行だった。檀自身が言っていたように、まさに、「天帝が許してくださった」最初で最後の休暇だったのかもしれない。

帰国が檀自身の誕生日の前日だったのは、還暦の祝いをしたいという気持があったからだったと思う。本来、還暦のお祝いというものは周囲の者が考えるものなのだろうが、檀は帰ってくるや否《いな》や、パーティーを開くと言い出した。

その日のうちに、友人知人に招集をかけ、翌日は肴《さかな》の買い出しにもいそいそと出掛けるという熱の入れ方だった。

もちろん、義母にも連絡をし、来ていただいた。

義母は、家に来て檀の顔を見るなり、驚いたように言った。

「痩《や》せましたね」

すると、檀は少し弁解するような調子で答えた。

「ポルトガルでは毎日走っていましたからね」

義母はそれで納得したようにも思えなかったが、私もそのことに深く拘《こだわ》ることはなかった。檀の言うとおりだと信じていたし、義母がそういう印象を抱くのも、檀の坊主頭のせいだと思っていた。

何より私はパーティーの準備に追われていたし、こんな慌《あわ》ただしいことをしなくてもいいのに、という思いもあって、義母の懸《け》念《ねん》を深く心に留めることがなかった。

しかし、その日の檀は楽しそうだった。

佐藤先生の千代未亡人、中谷孝雄御夫妻、皆美社をはじめとする出版社や新聞社の方々、それに水田さんや坪井さん。檀はいらした皆さんのために肉を焼き、ポルトガルで愛飲していた「ダン」という名のワインの栓を抜いてすすめた。

第七章

1

檀がポルトガルから帰ってからは、以前とは違う穏やかな日々が続くようになった。体に不安はあったが、檀の心がどこかよそに向かうことがなく、互いの気持が深まっていくように感じられた。

それは、ひとつには私が変わったせいかもしれなかった。以前のように檀の一挙手一投足に神経を張り巡らし、あげくの果てに疲れてしまうというようなことがなくなった。檀に振りまわされ、キリキリ舞いをしなくても済むようになった。それはここ数年の経験で、どこか胆《きも》が坐《すわ》ったところがあったのかもしれない。普通にしていようと思うようになった。それと同時に、檀が私を大事にしてくれるようになった。私の話に耳を傾けてくれるようになった。外に出掛ければ必ず遅くまで呑《の》み歩いていた人が、ほとんど家にいるようになった。それが年齢のせいか、体調のせいなのかははっきりしなかったが、私を常に傍に置いておきたがった。

ポルトガルを別にすれば、二人で初めて旅行をしたのもこの時期だった。太宰さんの会のために青森に行くことになったとき、檀が私にも行くように勧めた。それは、のちに野原さんが檀の言葉として書いておられるように、私に太宰さんの郷里を見せたかったからということもあったかもしれないが、それ以上に、体力が弱っていてひとりでは心配だったからだろうと思う。しかし、その旅行での檀はやさしかった。

太宰さんの生地である金木《かなぎ》の桜桃忌《おうとうき》に出たあと、私たちは弘前で数日を過ごした。その最後の日を前に、向こうでいろいろお世話をしてくださった太宰さんの研究家の相馬正一さんが、明日はどこを御案内しましょうかとおっしゃる。

「十和田湖がいいですか、それとも岩木山に登りますか」

そう訊《たず》ねられて、私は答えた。

「十和田湖にはこれから先も来る機会があるかもしれません。でも、岩木山に登ることはもうないでしょうから、できれば岩木山に行きたいと思います」

すると、檀が頷《うなず》いて言った。

「そうだな、それがいい」

これまで、檀が私の意見を進んで入れてくれるということは滅多になかった。それが驚くほど素直に賛成してくれた。

私たちは相馬さんの案内で岩木山に登った。主として車とケーブルカーを使っての登山だったので苦労はなかったが、着物に草履というでたちの私は、最後には足袋で歩くことになった。檀はさほど岩木山に登ることを楽しんでいたようではなかった。本来なら、宿に残って酒でも呑んでいたかっただろうが、私が喜ぶならとついてきてくれたようだった。

この時期、小説は書けなかったが、かなりの量のエッセイを書いている。それは、ポルトガルから帰った檀に、ジャーナリズムの不思議な光が当たるようになったからだ。ようやく、世の中にも、猛烈に働くだけでなく、もう少しゆったりとした生活ができないものか、といった反省が生まれはじめていた。恐らく、そうした風潮と無関係ではなかったのだろう。文壇やジャーナリズムと離れて外国で一年半も過ごしてきたということが、逆に評価されることになったらしい。それにはポルトガルという土地もよかったのだろうと思われる。檀の書いたりしゃべったりするポルトガルの生活が、一種のユートピアでの生活のように受け取られた。仕事を放擲《ほうてき》して異国に渡り、貧しいけれど豊かな生活を送ってきた仙人のような人、と見なされるようになった。確かに、その通りだが、あくまでもそれは結果であって、最初からそのように過ごそうとしたわけではない。そして、その生活をゆったりと過ごしていたわけでもない。焦《あせ》りや、不安もあったろう。しかし、たとえ、最初から目指したものでないとはいえ、実際ほとんど仕事もせずに一年半も過ごしたという事実は残る。少なくとも、檀が自分のことを、「仙人」ではなく、「老ヒッピー」と名乗るくらいは許されるのかもしれない。

老ヒッピーとしての檀は、頻繁に対談に引っ張り出されるばかりでなく、テレビに出演させられたり、果てはテレビ・コマーシャルにまで出ることになった。

それを手掛けられたのは電通に勤める井上靖さんの御次男だったが、佐賀県の呼子《よぶこ》の沖合に浮かぶ加唐島《かからじま》という小さな島で、豚を追いかけまわすシーンなどの撮影をした。

どうして加唐島だったのかというと、それは檀が抱きはじめた自分の体に対する不安と密接に結びついていた。

ポルトガルから帰った直後、私の友人に「檀さんは顔色が悪いのね」と言われたことがある。確かにどす黒かったが、ポルトガルで日に焼けていたからと説明した記憶がある。それに実際、体が弱ってきていたといっても、たいした自覚症状はなく、韓国や台湾を旅行するくらいの元気はあった。

檀の体の変調は、まず手足の痺《しび》れから始まった。

私は心配した。心配していたのは私だけではなく、周囲にいてくださった方々も同じ思いだったのかもしれない。

昭和四十八年の春、檀が断食《だんじき》をすることを望むと、皆美社の関口さんが佐賀の唐津に断食道場を探してくださった。その断食道場がどのようなものかわからなかったが、私は関口さんという篤実《とくじつ》な方が見つけてくださったのだからと安心していた。それに、久留米の医師の石田さんが、何日かおきに様子を見にいってくださるということにもなっていた。

断食というアイデアが、どこから出てきたものか正確には知らない。恐らく、檀自身の口から出たことなのだろう。檀には、自分の肉体に対する過剰な信頼があり、少々の体の変調くらいは荒療治によって治せる、という幻想があった。そんな檀にとって、断食というのはもってこいのものだったのではないかと思う。

断食道場での生活は、結構きついものだったらしい。皆美社の石川さんも一緒に入ってくださったけれど、途中で隠れて食べたりしたという。しかし、檀は治りたい一心で懸命に我慢したらしい。ある日、宿便が出たと喜ぶ手紙が届いたが、そこには《吹けば飛ぶような痩身《そうしん》になりました》と書いてあった。

結局、三十日ほどで出ることになったが、とても体調がよくなったとは言えなかった。同行の石川さんが心配するほど痩《や》せてしまった。このまま東京に帰るのは無理ということで、博多の沖合にある能古島《のこのしま》でしばらく静養することになった。能古島には石田さんのお姉様の嫁ぎ先の別荘があり、そこを自由に使ってくれていいというお話があったからだ。檀はその別荘が気に入り、私を呼び寄せ、そこからコマーシャルを撮る加唐島に移動したりした。加唐島には、断食道場で知り合いになった方が住んでいたのだ。

檀を見てむしろ悪くなっているように感じた私は、一緒に東京に戻ってから、「ポリタイア」の同人で医者でもある林富士馬さんに相談した。断食をしたけれど、やはり具合が悪い。どうしたものでしょう。すると、林さんは日本医科大学の肝臓の権威の先生と一緒に診てくださった。結果は、こんどもまた、肝硬変に気をつけるようにということだった。

そのとき、私は先生に言った。

「檀は、夜になると咳《せき》をするのですが」

すると、その先生がきっぱりと言った。

「いえ、それは関係ありません」

それがあまりきっぱりしすぎていたので驚いていると、林さんがとりなすように言った。

「夜になると、暖かくなったり寒くなったり、気温の変化があって、それで咳が出ることがありますからね」

もちろん、私にも深い疑念があって訊ねたわけではない。いくらか気になるという程度だった。私たちには、悪いところがあるとすれば、とにかく肝臓だろうという思い込みがあり、誰も肺に関心を向けなかった。

檀は、病気に対してさほど神経質だったとは思えないが、人並みの恐れは抱いていたと思う。

一度血尿が出たあと、さらにもう一度出たことがあって、私は心配した。檀の母方の祖父が膀胱《ぼうこう》ガンで亡《な》くなっており、檀自身から「血が止まらなくなってたいへんだった」というような話を聞かされたことがあったからだ。ある日、檀に無断で、林さんに来ていただいて話を伺おうとすると、檀に激しく怒られた。何で俺に相談もせずそんなことをするんだ、と。しかし、私がお酒の用意をしているあいだに、林さんが「膀胱ガンというのは、乳ガンもそうですが、袋があって隔離されているのでかなり安全なガンなのですよ」というようなことを説明してくださったらしい。寝るときに、とても安心したように林さんの言葉を復誦《ふくしょう》していたから、やはりどこかで気にしていたのだろう。それからしばらくして、日本医科大学の人間ドックに入ったが、そこでも何も見つからなかった。

しかし、私は不安だった。その不安を打ち消し打ち消ししていたけれど、何かが起こるに違いないと思えてならなかった。実際、檀は徐々に衰えていった。もう一度きちんと診察してもらってほしい。そう頼んだが、檀はもう聞き入れなかった。

2

能古島へ移住することになったのは、もちろんそこが気に入ったということが大きい。断食後の静養期間に、福岡での遊び友達のひとりの不動産屋さんに、「ここはよか」と口をすべらせた。すると、その不動産屋さんが、「よかとこがありますばい」とすぐに売家を探してきてくれてしまった。檀には家を買うというまでの覚悟はなかったと思うが、事態がそういうことになったあとで、いやそんなつもりではなかったとは言えない人だった。東京に比べれば安いとはいえ、博多の街の真向かいの島の一軒家であり、二百坪という土地もついている。一千万、二千万という単位の金額だった。とうていそんなお金があるはずはない。買うことになったおかげで、しばらくはその支払いに苦労することになった。

買うことになったのは、断われなかったということもあるが、能古島のような島で暮らすということに、檀が憧《あこが》れのようなものを抱いていたということもあるかもしれない。依然として体の調子は悪かったから、東京にいたのではよくならない、東京から遠く離れたどこかの土地に行きさえすれば、という思いがあったのだろう。確かに東京にいたのでは、来客や義理のある集まりなどでどうしてもお酒を呑まないわけにいかなくなる。

能古島なら、そうした世俗の付き合いから離れることができ、肝臓のためにもいいだろうと思えたのだ。離れ小島での生活というイメージには、断食と同じような檀の好みがよく出ている。

しかし、もちろん、そこで骨を埋めようとは思っていなかったはずだ。私にしても、またしばらくしたら、腰が落ち着かなくなるだろうと思っていた。まさか、そこが終《つい》の栖《すみか》になるとは考えてもいなかった。

能古島に引っ越したのは、そのときにはまだわからなかったが、檀に残された時間がすでに一年半を切っていた、昭和四十九年の夏のことだった。

大学生になっていた小弥太を先発隊に向かわせ、荷物の片づけや掃除を頼み、いくらか落ち着いたころを見計らって、私たちが出発した。檀は、「王様も召使いもぼく自身」といったエッセイなどで、いかにもたったひとりで能古島での生活を始めるように書いていた。世間的にはそう振舞っていたが、ひとりで生活することなどとうていできない体になっていた。私が一緒でなければ、あるいは誰かが一緒でなければ、一週間と暮らせなかっただろう。檀は、本来とても嘘《うそ》のない人で、エッセイにはあまり自分を飾ったり作り事を書いたりしない人だったが、これだけは「ひとり」を装《よそお》いたかったのかもしれない。ひとり離れ小島に住む、というイメージに酔いたいというところもあっただろう。また、そうしたいにもかかわらず、そうできない苛立《いらだ》ちや悲しみもあっただろう。私は、病身の檀をひとりで無人島に行かせたという誤解を受けることになったが、気にしなかった。

ある意味では、能古島には檀の好む「新宿裏の孤独」に近いものがあったかもしれない。島には違いないが、福岡の対岸にあり、フェリーに乗れば十五分ほどで街に出ていくことができる。

家は高台に建っていた。

韓国の人が建てたとかで、真ん中に一本廊下が走っていて、左右に三つずつ小さな部屋がある。訪ねてきた編集者のひとりに、真ん中に廊下が通っている家はよくないんですよと言われたが、後の祭りだった。

家は古かったけれど、眺めはすばらしかった。そこから海が見えるのは当然だとしても、真下に船着き場があって、船の出入りがよく見える。檀は、凱旋門《がいせんもん》のようだといって喜んでいた。

日暮れどきは夕陽がきれいだったが、夜は夜で対岸の博多の街の灯がキラキラと美しく見えた。私が溜《た》め息《いき》まじりに、

「なんて美しいのでしょう」

と言うと、檀は、

「呑み屋から借金取りが来そうな気がする」

と笑った。

引っ越して間がないころは、朝昼兼用の食事を済ますと、レコードを聞いていた。肝臓が悪いと思い込んでいたので、食後は横になっていた。レコードは一枚が三十分くらいなので、そのあいだ横になる習慣がついた。元気な時期は、それからフェリーに乗って対岸の姪《めい》の浜の市場まで買い出しに行くのが楽しみだった。

石神井の家からは、レンブラントの自画像を持ってきていた。もちろん複製画だが、その絵は最初のヨーロッパ旅行の際、スペインのプラド美術館で買い求めてきたものだった。その絵については『火宅の人』にも記されている。

閉館間際《まぎわ》、誰ひとり参観者のいない静まり返った一室で、このレンブラントの自画像に出会う。そのとき檀は声を挙げたいほどの感動を覚えたという。そして、その絵の中の、老いたレンブラントの頬にさしている微《かす》かな赤味を、《この巨人が耐えている淋《さび》しい時間の、容易ならぬ彩《いろど》り》と受け取る。

この自画像はよほど気に入っていたらしく、石神井にいるときも、酔って帰ってくると、その絵の中のレンブラントに向かって、「恐れ入りました」などと言いながら、大きな身振りで脱帽する真似《まね》をしたりしていたものだった。

だが、この能古島では、そんなことをすることもなくなっていた。酒はもうほとんど呑《の》むことがなくなっていたからだ。

体調はさらに悪化していった。家と港を結ぶ坂がしだいにきつくなり、上り下りができにくくなり、楽しみの買い出しもままならなくなった。それぱかりでなく、東京との往復ができなくなってきた。

そこで、必要なものを東京から運び、またこちらでの頂き物を東京に持って帰るというような往復は、私がひとりでしなくてはならなかった。博多から東京までどのくらい特急寝台に乗ったことだろう。檀は「飛行機にすればいいのに」と言うのだが、安いこともあって「翌朝には着くんだから、特急寝台の方が便利なの」と頑固に変えなかった。しまいに檀は、私のことを「特急寝台」と呼ぶようになった。

私も最初のうちは能古島の生活を楽しんでいた。「風がなんとも気持いい」とか、「ここで飲む紅茶はおいしい」などと言って喜んでいたが、そのうち島の暮らしのたいへんさが身に染《し》みてきた。とりわけ、病身の者を世話するには、坂の上の生活というのはかなり厳しいものだということがわかってきた。

ひとりで対岸に買い出しに行ったり、東京での用事を済ませたりして、能古島行きのフェリーに乗って帰る。島の船着き場に近づくにつれて、高台にある我が家がくっきりと見えるようになる。それが夕方だったりすると、赤い屋根が夕陽に美しく輝く。しかし、それが美しければ美しいほど、あの屋根の下には病んで苦しんでいる人がいるのだと思ってつらい気持になったものだった。

庭や道に、頻繁に蛇が出るのもいやだった。私はしだいに東京が恋しくなってきた。そこに檀の病状の悪化があって、さらに里心がついてきた。もちろん、私だけ東京に戻るわけにはいかない。ただ、入院をしましょう、とだけ言っていた。

しかし、あるとき、私がそれを蒸し返していると、檀がこう言った。

「治る病気なら治るし、治らないものなら入院しても治らない」

それは、こんなに新鮮な食べ物を食べて、こんなに空気のいいところで養生しているのだから、という前提のあっての言葉だったが、檀には病気が見つかることを恐れる気持があったのかもしれない。ここで病気になったらこれから先の生活をどうしたらいいのか。実際、あるときなど、

「金はどこから持ってくる!」

と怒り出したことがある。

「家を売ってもいいではありませんか」

私が言っても、納得はしなかった。檀には、もし悪い病気だったらもう治らないと決めていたようなところがあった。

秋にいちど二人で東京に帰った。そのとき、グラビア撮影のためにほんの一口呑んだワインでおなかの具合を悪くしてしまった。

しかし、それが終わると、台風のさなかだというのに、「こういうときは飛行機がすいているから」と出掛けようとする。体のことや台風のことが心配で、私が東京にまだ片付けなければいけない雑用が残っているので付いていけないと主張すると、次女のさとを連れてさっさと先に能古島に戻っていってしまった。

十一月、檀は約束のあった城崎《きのさき》に講演のために出掛けた。お断りした方がいいような体調だったが、檀が行くことを望んだ。知人との約束を守りたかったこともあるだろうが、受け取ることになっていた講演料を必要と思ったところもあったようだった。

城崎へは大阪から乗り換えた。福知山線の沿線は美しく紅葉しており、用意された旅館も立派だった。同行した私にとってはとても素敵な旅だったが、檀にはそれどころではない苦行だったかもしれない。私たちはいったん東京の石神井の家に帰り、それから能古島に戻っていった。

以後、檀は二度と東京の土を踏むことはなかった。

3

能古島に来た当座は客の相手もある程度できていたが、やがて相手をするとしばらく横になる必要が出てきた。胸から背中の痛みも激しくなり、仰向《あおむ》けになることもできずに横向きに寝ているようになった。知り合いの方ならば何とか対応のしようもあるが、それでも、能古島に檀がいるということを知って不意に訪ねてくる文学青年のような方には困った。痛みが激しくなる前はお通ししていたが、やがて玄関先で事情を言って帰っていただくようになった。

あるとき、やはり若い方が訪ねていらっしゃり、いま具合が悪くて寝ておりますので、と帰っていただいたことがある。すると、奥で寝ている檀が「どなたかお客さんだったのか」と訊《たず》ねてきた。どなたか知らない方ですが、具合が悪そうだったので帰っていただきましたと答えると、檀が言った。

「横光利一の奥さんならそんなことはしないな」

横光さんの奥さんなら、どんな客でもいちおうは座敷に通し、お茶の一杯も出してから帰ってもらったろう、と言うのだ。しかし私は、そこまで出来た作家の妻になることはできなかった。

能古島では、単に体が弱ってきただけでなく、気持も弱ってきたような気がする。

能古島の電話は、家の前の持主のものをそのまま引き継いだ親子電話だった。しばらくして、檀が電話を取り替えないかという。親子電話は、自分が使いたいとき人が使っているのがいやだというのだ。しかし、その親子電話にはもう片方を使っている人がおらず、まったくの個人電話と同じだったので、私は檀の言葉を聞き流していた。

ある日、用事があって電話局に行って帰ってくると、

「電話を取り替えてきたか」

と檀が言う。

「どうして取り替えなくてはいけないんですか」

私がびっくりして訊ねると、

「言いたくはなかったんだが……」

と説明してくれた。番号が気になるというのだ。その番号は、4316。ヨミイロ、黄泉《よみ》入ろ、と読めるというのだ。私は気がつかなかったが、檀にはそれが気になって仕方がなかったらしい。しかし、これが元気なころの檀だったら、それをむしろ面白がって使っていたに違いない。

「おっかん、いろいろなことをさせてもらって、ありがとう」

檀が冗談のようにそう言ったのもこのころのことだった。

能古島で迎える初めての冬がきた。

ある日、雪が降った。高台の家から見ると、雪が下に降っていくのが新鮮だった。下の方では、旅館の御主人が畑を見るため歩きまわっていた。その様子を眺めながら、檀が何かの一節を口にした。そのときは、それがいったいどんな種類の言葉なのかわからなかったが、檀が死んで何年かして、これだったのかとはじめて知ることになった。

新聞で大岡信さんが書いておられる『折々のうた』のある回に、謡曲の「鉢木《はちのき》」の一節が出ていた。正しくは、「鉢木」に使われている白居易《はくきょい》の詩だ。

雪は鵞毛《がもう》に似て飛んで散乱し
人は鶴氅《かくしょう》を被《き》て立って徘徊《はいかい》す

雪の降るさまは鵞鳥《がちょう》の毛にも似て乱れ散り
人は鶴《つる》の衣を着たように真っ白な姿で雪中を歩き回る

ああ、あのときお父様が口にしていたのは「鉢木」だったのだわ。娘たちに言うと、その「鉢木」を知らない。佐野常世《つねよ》という人がいて、大事にしていた鉢の木を御主人様のためにマキにして暖めたのよ、と説明しかけたが、別に興味もなさそうにしているので、途中でやめてしまった。ところが、翌朝、大岡さんの文章の全文を写した半紙が一枚、お手洗いに貼《は》ってあった。ふみの筆になるものだった。

福岡の対岸にある能古島はまた、檀が律子さんと結婚生活を送っていた小田の海岸に面してもいた。

ある夜、檀が横になっていた床から手洗いに立ち、戻ってくると言ったことがある。

「あっちは灯火《とうか》がチラチラしてとてもいい眺めだった」

手洗いから出ると手水場《ちょうずば》があるが、その窓からは小田の方面が見える。そこからの夜景は、福岡側の輝くばかりのネオンの海と違い、遠い漁《いさ》り火《び》のように淡くしか見えないが、そのときの檀には心地よいものに映ったのだろう。私はそれを聞き、ああ、あっちというのは律子さんと暮らしていたところのことだな、律子さんが亡《な》くなったところのことだな、と思った。そのときの檀が、律子さんとの日々を思い出していたのか、ただ単に灯火の美しさに感じ入っていたのかはわからなかったけれど。

昭和五十年のその冬の正月は、檀だけ残して東京に戻った。ふみがＮＨＫの「紅白歌合戦」の審査員として出場するとかで、和服の着付けやなにやら面倒を見なければ心配なことがあったからだ。檀もぜひ行ってあげなさいと勧めてくれたこともあり、下関に住む檀の妹が能古島に来てくれるということもあって上京した。

以前だったら、檀も一緒に東京に戻っただろう。こんなに長く能古島にいられなかっただろう。何かの理由を見つけては、すぐにも腰を浮かしてどこか別の土地に行きたがったはずだろう。しかし、その足腰が弱っていた。二人で島を散歩しても、「帰ろう」と途中で引き返すことが多くなった。檀の焦《あせ》がる魂は、体の衰えとともに、どこにも羽ばたくことができないまま、能古島に縛りつけられるようになってしまった。そのことを、檀が悲しく思わなかったはずはない。

檀は、ここで自分の一時代、能古島時代とでもいうべきものを築くと言っていたが、そのわりにはなかなか書こうとしなかった。結局、書いたのは数編の詩句とエッセイだけであり、最後のものとなったのは、「文藝春秋」の巻頭随筆欄に寄稿した「娘と私」の五枚だった。能古島で書き、東京にいる私に電話で送ってきた。私はさらにそれを編集部に送ったのだが、そのため、小さな誤りを犯してしまった。文中に挿入される、「月に野糞《のぐそ》ン　博多の奴《やつ》らが何知って」という俳句とも何ともつかないものの中で、「野糞」のあとに小さく「ン」とつけるはずのものが、落ちてしまったのだ。

そのエッセイの中で檀は、芸能の世界に身を投じた娘に対して、あなたは花のようにはかなくも困難な生き方を選んでしまったが、人は奮闘する者に対するひそかな敬愛を持つものだ、と書いている。そして、それはどのような奮闘をする者に対してだと自問し、自分の幸福を捨てた魂に向かってだ、と自答する。

果たして檀は奮闘した人だろうか。奮闘したと思う。では、何に対して奮闘していたのか。文学に対してか。女性に対してか。それとも生きるということに対してか。檀は自分の幸福を捨てていただろうか……。

女優になったふみのことは、やはり気にしていたと思う。晩年の檀にジャーナリズムの光が当たったのは、「老ヒッピー」としての檀にだったが、いくらかは「檀ふみの父」としての檀に対してというところもあっただろう。実際、「檀ふみのお父さん」と呼ばれることが少なくなくなってきた。しかし、檀はそれを必ずしも嫌がっていなかった。むしろ、面白がっていた。私は娘が芸能の世界に入ることに対しては不安の方が大きかった。檀や私に似て、女優としては大柄すぎる娘が、そのことに悩むようになるのではないか。それより、女としての普通の幸せを取り逃がしてしまうのではないか。ほどよいところで縁を切った方がいいのではないか……。だが、檀には、互いに荒れ野に足を踏み入れてしまった者としての共感のようなものがあったような気がする。先の「娘と私」は、《どうぞして、悔いないように奮闘してほしいものである》という言葉で結ばれていく。

能古島の家にはテレビがなかったので、檀が何度かテレビを買ったらと勧めてくれた。もちろん、それは私を気遣ってくれてのことだったが、自分もふみがレギュラーで出演しているクイズ番組を見たかったのかもしれない。しかし、私は能古島に永住するつもりもなかったので買わなかった。それに、檀は本来テレビが好きではなく、娘の出ているクイズ番組以外には見せてくれそうもなかったからだ。

三月に、私は納税のことで一時帰京しなければならなくなった。そこに、檀から「入院したぞ」と連絡が入った。私がいるときには入院をせず、いないときに入院するなんてと思い、帰るまで待ってくだされればいいのにと文句を言うと、娘にたしなめられた。それどころではないから入院したんでしょ、と。もっともなことだった。

入院したのは、能古島から少し離れた二日市《ふつかいち》の柳沢病院というところだった。檀の従弟《いとこ》の子供に九大病院で看護婦をしている娘がいたが、その知り合いのお医者さんの紹介ということだった。

そのときは何も見つからず、退院した檀はとても喜んでいた。しかし、退院してからの檀は床につきっぱなしになり、原稿も書けなくなった。約束していた原稿も書けそうになく、お詫《わ》びして他の方に替わってもらわなければならなかった。

ある日、新聞に画家の林武さんが肝臓ガンで亡くなられたという記事が載った。お弟子さんの話によれば、林さんはずっと脇腹《わきばら》のあたりが痛いと言いつづけていたという。

それを読んで、檀がつぶやいた。

「同じだな」

4

六月下旬、脇腹から背中にかけての激しい痛みに、さすがの檀も耐えられなくなり、三月に検査をしてもらった二日市の柳沢病院にふたたび入院することになった。

その朝、家から船着き場まで坂を下って行く途中の畑に、ジャガイモの花が咲いていた。それも、芋を収穫するために、根を掘り返された茎の枝から、いじらしく白い可憐《かれん》な花を咲かせている。

私は、あのように掘り返されたジャガイモにも花が咲いている、だから檀もきっと大丈夫だ、と自分に言い聞かせた。まさか、檀にとってこれが能古島との別れになるとは思っていなかった。

入院してすぐに撮ったレントゲンで、肋骨《ろっこつ》が一本なくなっているのがわかった。溶けてなくなっていたのだ。これまでにも、胸のレントゲンはさまざまな病院で撮っていたが、患部が微妙なところだったためにうまく映らなかったらしい。肋骨が一本溶けてなくなるほどになって、ようやくわかったのだ。

病室は二階にあり、診察室は一階にあった。診察室から戻ってきた檀が他人事《ひとごと》のように言った。

「おっかん、下で大騒ぎしているよ」

「どうしてですか」

「肋骨がはっきり映らないらしい」

夕方、院長先生から病室に電話があり、檀と直接話をされた。

「なんですって？」

電話が切れたあとで訊ねると、檀は肝を冷やすようなことを淡々と口にした。

「これではっきりしたので、九大病院へ移るようにということだから、肺ガンか肝臓ガンなのではないかな」

そして、こう付け加えた。

「僕は霊魂というやつを信じないから、葬式なんかはする必要がない。どこか、崖《がけ》の上からでも骨を捨ててくれればいいからね」

私がどう答えたらいいか迷っていると、檀は病室から東京の林富士馬さんに電話を掛けた。

「林さん、わかりましたよ、ガンでした」

のちに林さんにお聞きすると、このときほど医者をやっていてつらいと思ったことはなかったということだった。檀にそういうつもりはなかったにしても、林さんは親しい人のガンを発見できなかったという責任を感じてしまったようなのだ。

とはいえ、このときには、まだ誰に何を宣告されたわけでもなかった。私は信じようとしなかったし、檀も何割かは希望を持っていただろう。

しかし、その晩、私がひとりで病院に隣接する院長先生のお宅にうかがうと、恐れていたことを宣告されてしまった。

「肺ガンです」

それを聞いて、私は泣いた。こんなに泣いたことはないというほど泣いた。

ついに来てしまった。恐れていたものがついに来てしまった。これほど永く体の不調が続き、これほど永く原因がわからなかった。だとすれば、そのガンは末期的なものということになってしまう。もう、助かる余地はないのだろうか……。

私は泣いたあともしばらく病室に戻らなかった。檀に泣いた顔を見せたくなかったからだ。見ればすべてを理解してしまうだろう。ここにしばらくいさせてください。院長先生にそう頼み、涙の気配が消えるのを待った。

第八章

1

ガンを宣告された翌々日、二日市の柳沢病院から福岡の九大病院に向かった。

檀はすでに自力でタクシーや電車を乗り継いでいくことはできなくなっており、地元の知り合いの方々の手をわずらわせることになった。

その日は、まず整形外科の外来として診察を受けた。数枚のレントゲンを撮り、慎重に診察してもらったが、すぐにこちらでは手に負えないということになり、呼吸器科に廻された。だが、もう外来の受付は終わっており、しかもその日は金曜で、呼吸器科の外来診察は月曜にならなければ受けられないという。いったん、二日市の病院に戻り、また出直して来なくてはならなくなった。だが、檀の苦痛は激しく、すぐに車で二日市に戻るのは難しそうだった。そのため、病院側の好意で、リハビリテーション用のベッドでしばらく休ませてもらった。ようやく痛みが落ち着き、車で二日市の病院に帰り着いたのは夕方だった。

夜、手洗いから戻ってきた檀が言った。

「血を吐いた」

事態が急速に、しかも一気に進んでいくようで愕然《がくぜん》とした。しかし、喀血《かっけつ》したのはそれが最初で、最後だった。死ぬまで血を吐くことはなかったから、その喀血は、数日の検査や移動の無理がたたったものだったかもしれない。

土曜、日曜と、待っている二日は檀にとっても私にとっても長く感じられた。胸から背中にかけての苦痛が絶え間なく襲ってきていたからだ。

月曜の朝も激しい痛みに襲われた。そのため九大病院への出発が遅れ、到着したのは外来の受付が締め切られる時間ギリギリだった。

外来でまたレントゲンを撮り、診察が終わり、そのまま呼吸器科九階の病室に入院した。部屋の番号は九二三号室だった。

その日の夕方、色の浅黒い、いかにも信頼の置けそうな主治医の先生が病室に来られ、檀に言った。

「胸壁に腫瘍《しゅよう》ができています。でも、悪性ではありません。これから治療に取り掛かりますので協力してくださいね」

この説明は、檀にとって心強く響いたものと思われる。私は先生の口から簡潔に説明される治療のスケジュールをメモしながら、腫瘍だとか照射だとかいう言葉にあらためて不安を覚えていた。

九大病院ではBCG療法というのを施されたが、日々の治療は点滴とコバルト照射が中心だった。私たちは丸山ワクチンの投与を望んだが、ここでは認められないということだった。

高岩の義弟のひとりは、「肺ガンなら治る」と励ましてくれた。そうかもしれない、と私も希望を持つようにしたが、実際は手遅れだったのだろう。先生方は、体力がついたら手術しましょうと言ってくださっていたが、手術は不可能な状態だったと思われる。私は病室に泊まり込むことを許していただき、部屋の片隅に敷いたゴザの上の蒲団《ふとん》で寝た。食事は食欲のない檀の病院食の残りを食べたり、檀のために外で買ってきた物を一緒に食べたりして済ませた。

私には、奇跡が起こるかもしれないという一縷《いちる》の望みがあった。その望みには何の根拠もなかったが、起こらないはずもないと思っていた。人は絶望の淵《ふち》にあってもなんらかの希望を抱くものなのだろう。たとえそれが意味のない希望であっても、絶望の中で生きていくためにはどうしても必要なものなのだろう。

檀は、自分の腫瘍が悪性だということをうすうす感じ取っていたと思う。私のいない

間に先生たちの巡回があったときなど、

「どんなふうにおっしゃっていましたか」

と訊《たず》ねると、

「先生たちもどうしようもないんじゃないかな。ご気分はいかがですか、と訊ねるくらいのものだから」

と答えたりした。ただ、私が「絶対に治してみせる」などと言っているのを聞いて、私には事実が知らされていないと思ってしまったらしい。檀は、私に気づかせないようにするため、最後まであまり悲観的なことを口にしなかった。ここにも後悔はある。私が知っていることがわかっていれば、最後の日々を前にして、もっとさまざまな話をすることができたかもしれないからだ。

しかし、だからといって、よくなることを檀がまったく諦《あきら》めていたというのではない。それどころか、初めのころは、治りたい、よくなりたいという意欲が旺盛《おうせい》にあった。自分よりはるかに齢《とし》の若い先生の言いつけを柔順に守り、コバルトの照射も積極的に受けていた。コバルトは体力を消耗する苦しいものだと聞いているが、「まだ大丈夫だから、もう少し」と、限界を超えて受けようとしたがる言葉を耳にしたとき、ああ、この人は生きたいのだな、と思って胸が詰まった。

七月中旬に腋《わき》の下のリンパ腺《せん》の削除手術をしたときには、檀もよくなるかもしれないと期待したようだった。

最初は三十分ほどの簡単な手術と聞かされていたが、手術室から病室に戻ってきたときには二時間半を過ぎていた。その夜、気持が昂揚《こうよう》しているときの癖でもある、人差し指をすっと立てる動作をすると、かすれるような声で言った。

「局部麻酔だったんで手術の様子がわかったけど、腫瘍の一部分をとったみたいだ」

しかし、のちに檀は、太郎と小弥太に向かって、入院しないほうがよかったかもしれないと言ったという。それは苦痛が消えなかったことと、一種の実験台のようにされた印象が残ったことが原因だったのかもしれない。手術後の数日間は期待が膨《ふく》らんでいたが、やがてあまり意味のないものだったようだと気がついて落胆した。

病室での檀は、ベッドに横になったまま、鏡に映る外の景色を眺めていることが多かった。

それでもまだ元気なうちは、福岡高校時代のお友達からいただいたレンブラントの画集を見たり、ヘッドホーンでグリーグのピアノ小曲集を聴いたりしていた。

ふみは女優としてかなり忙しくなっていたが、仕事の合い間を縫って見舞いにやってきた。檀は、病院の上空を旅客機が通過すると、もしふみが来るとすればあの飛行機だな、などと言ったりした。檀もどこかで心待ちするところがあったのかもしれない。東京と福岡を往復する飛行機の時間はすべて覚えてしまったようだった。

退屈まぎれにゴキブリ取りをした。病室にはコンクリートのビルを棲《す》み家《か》にする小さなゴキブリがいて、壁を伝って歩いている。その姿がベッドで寝ている檀の眼によく入るらしく、あそこにいるあれを取るようにと命じられることがあった。私は、割り箸《ばし》の先端にセロテープを丸めて貼《は》り、言われた通りに取ったりした。

2

檀が何年にもわたって書き継いできた『火宅の人』は、最終章を残したまま途絶していた。

担当の小島さんも半ば諦めていた。しかし、『火宅の人』に対する小島さんの思いには独特のものがあった。永年にわたって、檀からは細部の細部にいたるまでの構想を明かされ、檀さんが書かないなら私が書きます、と冗談が言えるくらいその世界と深く関わっていた。『火宅の人』の完成を前提に前借もさせてくださり、それで完成できないということになれば、社内における小島さんの立場も苦しくなるのではないかと懸念《けねん》された。

そこで、太郎が新潮社に赴《おもむ》き、小島さんとの話し合いに臨《のぞ》んだ。そこで太郎は、父が

『火宅の人』を完成させたがっていると告げ、どうにかならないものかと相談した。それが本当に檀の意を正確に体《たい》したものかどうかはわからないが、結局、その行動が『火宅の人』の完成をうながすことになった。

小島さんも、この作品は檀自身の手で書き上げてほしいと思っていたらしいが、ここに至っては口述もやむをえないと腹を決め、その手順を決めた。

檀がどれくらい強く完成させたいと思っていたかはわからない。書く意欲を殺《そ》ぐひとつの理由であったモデル問題が解決したというわけでもなかったからだ。

この時期に口述筆記をすることに対して、私はどちらかといえば批判的だった。それは私が『火宅の人』の完成を望んでいなかったからというのではない。確かに、以前は『火宅の人』という作品の存在を快く思っていなかった。雑誌に載っているときには、どうしてこんなことを書かれなくてはならないのだろうと呪《のろ》わしく思ったこともある。しかし、この時点では、そうした思いより、病の床についている人にとってよかれと思う気持の方が強かった。もしそれが檀にとってよいことであるなら、『火宅の人』は完成されるべきだった。だが、私にはこのような体調のときにいいものが書けるだろうかという懸念があった。これまでの苦労が台なしになってしまうのではないか。もう少しコンディションがよくなってから書いた方がいいのではないか。私には、まだまだ時間があると思えていたのだ。しかし、実際は、この時期を逃せば、『火宅の人』はついに未完のままで終わっていたことになる。

檀は口述することを受け入れた。それはなぜだったのだろう。檀は流行作家だった時期に口述筆記による作品を多く残しているが、この作品だけは自分の手で書いていた。さすがに私に書かせるわけにはいかず、入江さんとも別れていたという事情もあったろうが、この作品にはそれだけではない思いがあったはずだった。にもかかわらず、最後の大事な章を口述で書くことを受け入れたのは、すでに自分にはいくらも時間がないという予感があったのだろうか。そして、モデル問題など心配していたことのすべては解決していないとしても、ここに至ってはもう許されると思ったのだろうか。

口述が始まったのは八月の初旬の暑い盛りだった。

まず新潮社の出版部の藍孝夫さんが口述に使うテープレコーダーなどを持って病室にいらっしゃった。東京での用事を済ませた小島さんがいらしたのは、その二日後だった。いざ口述が開始されることになり、私は邪魔をしたくなかったので席を外そうとすると、

「ここにいてくれ」

と檀に言われた。

のちの小島さんの解釈では、檀は最後にすべてを私の前にさらけ出そうとしたという

ことになる。小島さんの「檀一雄不屈の十日間――『火宅の人』完成日誌」には、次のような文章が見える。

《時が総《すべ》てを浄化し去ったとは言え、己れの脱線の逐一を、その終熄《しゅうそく》の過程をも細大洩《も》らさず夫人に聞いて欲しいというのは、いわば「懺悔《ざんげ》」というものか、あるいは「贖《しょく》罪《ざい》」というものか。いや、そんな生易しいものではない。夫人のかつての痛みを己れの痛みの上に重ね、己れのすべてをありのまま知って欲しい、と叫ぶ総身体当りの夜叉王《やしゃおう》の姿だ》

だが、実際は、いざというときのために傍にいてほしかったのだと思う。それほど衰弱していたということなのだ。

結局、私は部屋の隅にある椅子《いす》に坐《すわ》って口述に立ち会うことになった。

「キリギリス」と題された『火宅の人』の最終章は、大きく四つの部分に別れている。子供たちと行った奥多摩での川遊びとその一年前の呑《の》み屋の女性の不可解な死について。足が遠のいていた浅草のアパートへの再訪。そして、入江さんとの麹町《こうじまち》三番町の部屋での別れ。最後に、神楽坂《かぐらざか》のいかがわしいホテルでの日々。

しかしそれは、その一編だけを独立させて読むと、雑然としてまとまりのないものと受け取られかねないものだった。理由は、長編の『火宅の人』を完成させるために、必要な要素をすべて入れておかなければならなかったからだ。ある作家の方が、雑誌で最終章の「キリギリス」を読んだときは感心しなかったが、単行本で読んでなるほどと納得したと書いておられるのは、そのためだろうと思う。

四年前にサンタ・クルスから書き送られた唯一《ゆいいつ》の小説であり、それもついに『火宅の人』の最後の章とはならなかった「きぬぎぬ・骨」は、実吉《さねよし》徳子という女性との九州旅行を描いた「きぬぎぬ」と、次郎の死を描いた「骨」とが、脈絡なく並んでいた。しかし、書きにくいためだろう、後廻しにされてしまっていたが、本来、入江さんとの別れは次郎の死の前になくてはならないものである。そこで、単行本では、「キリギリス」を二つに分け、入江さんとの別れが書かれているところまでを「きぬぎぬ」の章の後半に繰り込むことにした。

つまり、『火宅の人』の最後の三章は、「入江さんとの別れ」と「次郎の死」と「いかがわしいホテルでの日々」という具合に、かなりうまく整理されることになったのだ。

もっとも、そんなことを知ったのも、口述がすべて終わってからのことだった。私は檀が口にする内容は聞かないようにしていたからだ。口述のあいだ中、苦しげな檀の声は聞いていた。しかし、そこで語られる言葉の意味は追わないようにしていた。私にはなぜかその方がいいような気がしたのだ。

檀の声は、日によって弱々しく、あるいはかすれ、しゃべる方もつらいだろうが、それを聞き取り、書き取っている小島さんもさぞつらかろうと思えた。果たしてこれで完成できるのだろうか。だが、檀のためにも、小島さんのためにも、どうか完成させてあげたいと思った。

口述開始から十日目、実質的には七日間をかけてようやく完成した原稿は、東京に戻った小島さんによって清書され、すぐにコピーされて送り返されてきた。檀はそれに何ヵ所か手を入れた。そこに、新潮社の編集者で、福岡に帰省していたという女性が、休暇中にもかかわらずお見えになり、手入れ済みの原稿を驚くほど手際《てぎわ》よく整理してくださった。いくつかの欠落を補い、疑問点の突き合わせを終えると、その原稿は「『火宅の人』最終章」という但《ただ》し書きをつけられて「新潮」の昭和五十年十月号に掲載されることになった。昭和三十六年の「新潮」九月号に「微笑」が掲載されて以来、実に二十一編目、十四年目の完結だった。

檀はこれでがっくりと体力を使い果たしたように思う。

3

私はこの闘病期間中に、あらためて檀の我慢強さに驚かされた。九月には背中の痛みを軽減するため、ペインクリニックで手術を行った。神経をブロックするというような手術だったが、檀はその際にも泣き言ひとつ漏らさなかった。苦痛を和らげるためのその手術は、逆にすさまじい痛みを伴うものだったらしい。だが、檀は黙って苦痛に耐えた。

入院以来、檀の病状の変化については心覚えのメモのようなものに簡単に書き留めておく習慣がついていたが、その夜、ペインクリニックの手術が成功だったらしいことに気をよくした私は、「夕刻診察に見えたペインクリニックの医師三人も安心の態《てい》」と記した。

九月二十日

こんこんと眠る。まだ腋の下に痛みがあると言うのでペインクリニックから薬が出る。スモークサーモンとコールドビーフを薄く切ってパンに乗せ、自家製ヨーグルトと交互においしそうに食べる。夜久し振りにヘッドホーンをつけ枕許《まくらもと》のカセットデッキで、テープを流す。ギーゼキングのピアノでグリーグのピアノ小曲集。

十月一日

やや汗ばむ程の暑さ。クスリの作用で終日トロトロ。口許、手許、足許すべておぼつかない動作。標高三百米《メートル》のたちばな山は秋空にくっきりと冴《さ》え、山を背に家並が秋陽にまぶしい。左手には海が青く、志賀島《しかのしま》迄《まで》延びた岬がみごとである。涙と汗と、愛と憎しみと、喜怒哀楽の世界とはとても思えない。ペインクリニックの先生三人回診。鎮痛剤を減らすようにとの指示。

十月五日

夕方に入って容態悪し。熱三十八度三分。薬のせいかうわ言多く、呼吸荒く、最悪の状態かと思う。

十月六日

血液検査の結果、肺炎とわかる。夜になって落着きをとりもどす。

十月二十日

小春日和《こはるびより》。金木犀《きんもくせい》の小枝を貰《もら》い石神井を思う。下半身を洗う。髭《ひげ》を剃《そ》る。熱も脈も平常。痛みもなく、この点では健康人並ともいえるか。大学市場迄行きたいと言うが、廊下の新聞受け迄歩くのがせい一杯。夕刊に「ガンの曲がり角」という記事があり、B・C・Gとの関係を取り上げてある。夜に入ってだんまりになったのは、もしか、疑いを深めたのでは？　熊本ちゃん（看護婦十人。それぞれの郷《くに》を訊《き》いて呼び名にする）来て満月を教えてくれる。しかし、アリガトウと言ってちょっと首を窓に向けただけ。睡眠薬二錠飲む。

十一月初旬のある雨の日、突然、入江さんが見舞いに来た。

私はちょうど用事を足しに外に出ていた。帰ってくると、檀は少し上気したような顔つきで私に言った。

「さっき、ヒーさんが来たよ」

そう言われれば、ベッドの下に新しい果物の包みがそっと置いてあった。

「嬉《うれ》しかったでしょ」

私が言うと、少し照れ臭そうに笑って言った。

「いや、驚いたよ」

入江さんが博多ではかなり有名な女優さんだったということもあるのだろう、檀との仲は病院の人たちも知っていた。

その日、檀が眠っていると、看護婦さんが慌《あわ》ててやってきて言ったのだという。

「入江たか子さんが見えましたよ」

はて、イリエタカコとは誰だったろうと思っていると、入江は入江でもタカコではなくキョウコだった、ということなどをぽつりぽつり話してくれた。

私の不在中に入江さんが来たのは偶然だった。病室に入ってくるまで、入江さんはもし私がいたらと張りつめたような思いでいただろう。私がいないことは、入江さんにとっても、檀にとっても、そして私自身にとってもよいことだった。

もし私がいたらどうしていただろう。入江さんに躊躇《ちゅうちょ》する気持がなかったはずはない。

だが、死の床についているのだから許してもらえるはずだ、と自分を励ましてやってきたのだろう。そして私も、その場合は、多少は顔が引きつったかもしれないが、許したことと思う。

しかし、檀は、用事を済ませた私が帰ってきてしまわないかと心配していたらしい。その素振りが入江さんにも伝わったのだろう。明日も来るつもりだと言い残して帰っていったが、私が帰ってくるのを心配する檀の様子を見て、もう来るのはやめておこうと判断したようだ。

それを知らない檀は、翌日も入江さんが来るのを待っていた。その日は、特別私に外へ出掛けなければならない用事はなかったが、檀が何かと外に出したがる。妙だなと思っているうちに、どうやら今日も入江さんが来てくれることになっているらしいと察しがついた。もちろん、来たら座を外すつもりだったが、その日入江さんはついにやって来なかった。そして、その前日の別れが入江さんとの生涯の別れになってしまった。

入江さんの見舞いは、檀にとって何より嬉しかったと思う。ひとつは、最終章が出たあとの見舞いということで『火宅の人』の出版に際しての気掛かりが消えたこと、そしてもうひとつは、やはり好きだった人が見舞いに来てくれたということが。

私も嬉しかった。入江さんが来たことに怒りや嫉妬《しっと》はなかった。あれから十五年以上が過ぎ、すでに私と檀との間の関係はそのような感情が入り込む余地がないほど密になっていた。むしろ、私は庇護《ひご》すべき対象となった人の喜びを一緒になって喜べたと思う。いや、それではあまりにも自分を美化しすぎることになるかもしれない。入江さんの見舞いがあった翌日、檀が私を病室から遠ざけようとする。最初はただ不思議に思っていただけだったが、やがてその理由がわかったとき、以前にも味わったことのある痛みに似た感情が、胸の奥で生まれかかったからだ。

神経ブロックの手術の直後に、いちど能古島に戻っていいという許しが出たことがある。そのときは檀も喜んだが、二度目のときにはさほど強い興味を示さなかった。最初、帰っていいと言われたときは「それじゃ、帰ろうか」と言っていたが、帰らされる意味にふと気がついたといった感じで、「いや、帰らない」と強い口調で言った。

そのころ、私の喉《のど》に腫《は》れが目立つようになった。痛みはないのだが、水を飲んだりするとプクッと膨れる。そのことを檀に話すと、先生が診察にいらしたときに、

「女房がちょっと具合が悪いんです」

と相談してしまった。すると、

「すぐ連絡しておきますから内科の方に行ってください」

ということになった。

内科と外科で調べてもらうと、甲状腺《せん》に異常があり、袋のようなものができていると

のことだった。もっとも、それはたいしたものではなく、盲腸よりも簡単な手術で除去できるという。それを聞いて、檀が手術に積極的になった。「早く手術をしなさい」と。私は檀のことで精一杯だったので自分の手術は後廻しでいいと思っていたが、檀に強く勧められて「後廻しにしたい」とは言えなかった。後廻しとは何の後なのかと問われれば、答えようがなかったからだ。それに、先生たちからは檀は春までもつと言われていたので、早いうちに自分の体調を整えておくということに心が動くようになった。

私が手術をしてもらっているあいだは、小弥太が大学を休んで付き添ってくれるという。そこで、十一月の下旬に同じ九大病院の内科病棟に入院した。

単行本の『火宅の人』が出版されたのは、私がまだ手術を受ける前のことだった。最終章が雑誌「新潮」の十月号に載ったのが九月、そして単行本の発行が十一月だったから、すばらしい速さで本を作ってくださったことになる。

出版に際してはまだいくらか手を入れたいところもあったろうが、最後の三章の入れ替え以外、ゲラの手入れはできなかった。それでも本ができて見本が届けられたときは嬉しかったと思う。永年暖めていたサム・フランシスさんの絵を装幀《そうてい》に使い、布製箱入りの美しい本に仕上がったからだ。檀にとって、文学全集に収録されたものを除けば、箱入りというのも布製というのも初めてのことだった。

檀はあまり本を読まなかった。若い乱読時代の遺産が大きかったのだろう。読むことより、生きることに忙しかったのかもしれない。あるいは、書くことに追われていたからかもしれない。机の前で落ち着いて本を読んでいる姿を見ることは少なかった。しかし、自分の作品を読むのは好きだった。雑誌に発表したものや、本になったものを熱のこもった眼つきで読んでいるところは何度も見ている。『火宅の人』は何より読むことを望んでいた本だったろう。しかし、本を手に取り、パラパラと頁《ページ》を繰ることはできても、仰向《あおむ》けになったままあの重い本を支えて読む力は、もうその腕に残っていなかった。

ちょうどそのころだった。『火宅の人』の刊行に合わせて、新潮社の「波」と「週刊新潮」に檀の記事が出た。「波」の方は檀の談話をまとめたものだったが、小弥太が私の病室に持ってきてくれた「週刊新潮」の記事を読んで私は青ざめた。

それは「『マイホーム幸福』に挑戦する最後の破滅型文学『檀一雄・火宅の人』」と題されていたが、その最後にこう書かれていたのだ。

《最後に著者の近況について一言。檀一雄氏は悪性の腫瘍《しゅよう》のために九州の病院に入院、目下、面会謝絶の状態だが、「滅びるときには素直に滅びるつもりです」と明るい表情でさえあった。》

かりに檀が気づいていたとしても、私たちからは直接「悪性の腫瘍」だなどということは告げていなかった。それを週刊誌の記者の方は、檀の達観した様子からすべてを知らされていると勘違いしてしまったらしいのだ。患者にとって、医者や家族の口から何も知らされていない事実を、いきなり活字で眼にする衝撃はどれほどのものだろう。檀はもう「週刊新潮」を読んでしまっただろうか。私は心配し、自分が入院している病棟から檀の病室にそれとなく様子を窺《うかが》いにいった。

「なにか『波』に載っていたそうですけど」

私が何も知らないふりをしてわざとトンチンカンな質問をすると、檀がケロッとした顔で言った。

「小弥太が『週刊新潮』を持っていかなかったか」

私は慌ててごまかした。

「いえ、持ってきてくれましたけど、同じ病室の方にお客様があって、読めなかったんです」

檀は、すでに平静に受け入れられるくらい悪性腫瘍という言葉に慣れていたのだ。

その記事に最も動揺したのは若いふみだったかもしれない。新潮社の窓口となってくれている小島さんに電話を掛け、いくら本の宣伝のためとはいえ、そんなことまで書く権利はないと出版社を非難し、

「父には病気とだけ闘わせたかった」

と言って泣いたという。ふみには、『火宅の人』の口述などせず、治療に専念させた

かったという強い思いがあったのだ。

私が手術を行った前後の檀の様子は、代わりに小弥太がつけておいてくれたメモによってあるていど窺い知ることができる。

十一月二十九日

浴室でシャワーを浴びた直後、呼吸困難に陥り、五分間酸素吸入を受ける。はじめての酸素吸入であったが、この日以来、酸素使用量は、少しずつ増えていく。

主治医は、この呼吸困難をコバルト照射の後遺症であり、一時的なものだと父に説明する。

十二月一日

太郎、小弥太、主治医より病状の説明を受ける。最近のレントゲン写真には、蜘《く》蛛《も》の巣がかかったように白い斑紋《はんもん》が広がっており、素人《しろうと》の目にも病状の悪化は明らか。体の抵抗力が、これまである程度癌《がん》の進行を抑えていたが、その限界を超えて、急速に癌が広がりはじめた。これは、肺ばかりでなく、体中の至る所についても同様であると見做《みな》さなくてはならず、病状は加速度的に悪化するだろうとのこと。また病院に居ても何が出来るというわけではないので、正月には能古島に帰って、家族と共に過ごしてはどうかと勧められる。父には、この話だけを伝えた。

十二月四日

主治医の予想より、更に癌の進行は速く、脊髄《せきずい》が侵されはじめる。それは、まず便が出なくなるという症状に現れた。夜通し、ほとんど一時間おきにトイレに向かうが排便することができない。

十二月五日

母、甲状腺結節腫の手術。

十二月六日

足を動かすことが、少なくとも父の意志によっては、全く出来なくなってしまった。それればかりでなく、下半身の感覚を失いはじめ、大小便の排泄《はいせつ》も自らの意志で行うことが不可能になった。父の精神的な打撃は、大変なものだったらしく、

「癌細胞の一部が、背骨の神経に侵入したので、下半身が動かなくなったんでしょうネ、病院に居たって、医者だって何も分りはしないんだ……。病院なんかで死ぬのはいやだナ、能古島に帰りたい。……アアそうだ、次郎さんが、天国で手招きしている」

とつぶやいた。足の裏に、かろうじて感覚が残っていたので、そこをさすらせる。

この日から、尿管にパイプを通し、ポリ容器まで導尿する。

父の容態は、この日から、坂道を転げ落ちるように悪化していく。

十二月七日

完全に下半身の感覚を失う。麻痺《まひ》は、この後数日の間、少しずつ上半身に向かい、乳首よりも五センチ程下の場所で止まった。当然寝返りもできない。

ただ寝ているだけでも、呼吸が苦しく、話している内容が聞き取りにくい。

手術後の母には、下半身麻痺のことを話してはならないと厳命される。

主治医に呼ばれ、病勢は自分の考えているよりはるかに速く進行しているので、いつ脳に転移するかもしれない。したがって、家族の者には、早いうちに会わせておくように、と説明される。

「不思議だナ、足を切り取ったって分からないヨ、看護婦さんに一本さしあげましょうかネ」

私が十二月上旬に手術を終え、入院中の内科病棟を抜け出し呼吸器科の病室を見舞うと、檀はすでに下半身不随の状態になっていた。

何も知らない私が部屋に入ろうとすると、檀が言った。

「入っちゃいかん」

意味がわからず私がぼんやりしていると、また言った。

「ここは黴菌《ばいきん》がいっぱいだから、来ちゃいかん」

そのとき、ベッドの横の手摺《てす》りに、力綱が垂れているのに気がついた。それがなくては寝返りも打てなくなっていたのだ。私は初めて、自分が手術を受けているあいだにたいへんな状況になっていることを知った。檀は、私が気がついてしまったことを知り、ハッとしたようだった。

檀は便も自分ではできず、尿も管をつけてしていた。私にそれを悟られたくなかったようだが、知られてしまったことがわかると、それからは隠そうとしなくなった。

このころ、見舞いにきた太郎と付き添いの小弥太に、

「あなたたちだから話すけれども、チチは、持って来年の二月でしょうね。精一杯奮闘してみせるけれども、そう長くはないでしょう。ですからあなたたちもそのつもりでいなさい」

と言ったという。

4

私の手術は簡単なものだと聞いていたが、麻酔に弱かったせいか予後が悪く、退院後も能古島に戻って安静にしていなくてはならなくなった。しかし、檀にとって小弥太の

付き添いでは充分でなかったらしく、すぐに私が呼び戻されることになった。だからといって私の具合がよくなったわけではないので、小弥太と昼夜交替の看護であり、その昼間の私の看護も、時折り檀のベッドの蒲団《ふとん》にうつ伏せになったりしながらのものだった。

それは能古島から戻った最初の日だったと思う。そっと病室に入り、ベッドに近づいていくと、檀が片方の手を差し出してきた。さすってほしいのだろう。私は手を取ると静かにさすった。しかし、檀の荒い息遣《いきづか》いは、こちらまで息苦しくなるほどだった。鼻には、すでに酸素吸入の管が取りつけられている。私は立ち上がり、高く盛り上がった蒲団を直そうとめくると、そこには驚くほどむくんだ足が投げ出されていた。

その瞬間、福岡時代のことが思い出された。結婚したばかりの檀から、先妻の律子さんが危篤《きとく》になり、往診にいらしたお医者様が蒲団をめくると、それまでほっそりとしていた足が象の足のようにむくんでいた、という話を聞いたことがあった。しばらくして、何かの折りにうっかりそのことを口にすると、小耳に挟んだ太郎があとで檀に訊《たず》ねたのだという。

「ハハのあんよは象みたいだったの？」

私は自分の不注意さを恥じたが、いま、まさに、檀の足がその律子さんの足と同じようになっている。私は、檀の死が間近に迫っていることを覚悟せざるをえなかった。

檀は点滴のためベッドに磔《はりつけ》にされているような状態で、天井に眼を向けたままじっとしていることが多かった。氷をほしがり、それをカリカリと噛《か》んだ。こんなに悪くなっているというのに、歯だけはどうしてこんなに強いのだろうと思ったりした。いまでもその音は私の耳に残っている。カリカリ、カリカリというその音が。

夜、外に雪が降るのを見て、小弥太に「いやだな」と何度も繰り返したという。声ははっきりせず、寝返りが打てない。とりわけ痰《たん》が喉に絡《から》まり苦しそうだった。私は、苦しくないように苦しくないようにするのが精一杯で、他には何も考えられずにただオロオロするばかりだった。周囲のすべてが檀の死に向かって動いているようだった。

それでも、『火宅の人』が売れていると小弥太が言うと、

「そうだろう、よくできてるもんな」

と答えることもあった。

十二月二十四日

時間をかけてソフトアイスクリームを三分の二程食べる。両手を指しのばし、さすれと合図する。消灯間近く力弱い咳《せき》が止まらず、薄く白眼を開いて悶絶《もんぜつ》せんばかりに苦しむ。口中に糸のように次々と透明の粘る唾液《だえき》が出る。二人の当直医師診察。血圧は心配なし、酸素吸入はつけたままにしておくようにと言って十時三十分鎮痛

剤の注射をする。浅い眠りも束《つか》の間《ま》、夢と現実が混同し、まるで事実のように命令する。

十二月二十五日

口中の荒れひどく、舌の亀裂《きれつ》がはっきり見える。グリセリン液を綿棒につけて隈《くま》無く塗布。主治医回診のあと私を室外に招き、「不整脈ですからこの週末があぶないです」と優しく報《しら》せてくれる。輸血。副腎皮《ふくじんひ》質《しつ》ホルモンなど合せて五本の点滴。まだ夢が続く。

十二月二十六日

薬のせいか落着く。頭もはっきりして、昨日までの夢の話を「なーんだ、夢だったのか。先生や看護婦さんを連れて台湾に行っていたのになー」と言って残念がる。呼吸困難はつづき、食欲全くなし。喉に痰がつまりゴロゴロ鳴る。

十二月二十八日

「副腎皮質ホルモンが劇的に効いたので、容態《ようだい》が持ち直しました。いつおしまいであっても不思議でない状態ですが、心臓と腎臓がしっかりしていますのでお正月は越せるでしょう。しかし今度悪化したら使う薬はありません」と主治医からの説明を受ける。相変わらず呼吸困難があって、酸素吸入器の管をすぐに取り外す。

五百米《メートル》も離れていようか。窓の真向うに三角屋根の平屋があり、古びた立派な煙突がピタリとくっついている。群がり建つ病棟、研究棟とはちょっと異質で、聞かずともそれとわかる火葬場である。長い車が静かに入って行くと間もなく煙りが上る。お互い素知らぬふりをして六ヵ月を過して来た。今日も北西に流される煙りが見えるが、今は不吉とさえも思えない。もう助からないという夫の手を心臓の方に向って静かにさする。

死の数日前、親しい人が立て続けに見舞いに来てくださった。檀の妹たちが来て、真鍋呉夫さんと北川晃二さんがいらした。

その日、檀が言った。

「色紙と筆を頼む」

そして、そのとき、絶筆となる句を書いた。

　モガリ笛
　いく夜もがらせ
　花ニ逢《あ》はん

そこまで書くと、その左の横を指して、本当はここに差し上げる人の名前を書くんだが、もうきついからやめると言った。頭ははっきりしていたが体の痛みが激しかった。見舞いに来てくださった北川さんと真鍋さんにお見せし、しばらくしてお二人がそれを持って廊下に出られると、檀が言った。

「どげんじゃったかね」

句の出来について訊ねているらしい。そこで私は慌《あわ》てて控室に行き、色紙を返してもらって病室に戻った。そして、これはどのような意味なのかを訊ねると、苦しげな息の下から、かすかに「……の中」というような言葉が聞こえてきた。世の中と言ったのですか。私が確かめると、

「違う……違う……」

と力なく言った。果たして、私の問いそのものが聞こえたのかどうかもわからない、いかにも弱々しげな否定の仕方だった。

そのモガリ笛は、ポルトガルのサンタ・クルスで聞いたモガリ笛かもしれないし、能古島の家で聞こえていたモガリ笛と考えられないこともない。だが、私には、この冬のあいだ、絶えず病室の窓で鳴っていたモガリ笛だったように思える。

十二月の始め、病室に男性週刊誌の二人の記者がいきなりインタヴューをさせてくれと訪ねてきた。私は手術のためいなかったが、檀は、代わりに世話をしてくれている小弥太に、応じてもよいと言ったのだという。それは、その方たちが柴田錬三郎さんの紹

介状を持ってきたからであったらしい。その手紙には、自分も具合が悪くて見舞いに行けないが、代わりにこの者たちを差し向けるのでよろしく頼む、という意味のことが記されていた。柴田さんもまた、檀と同じ佐藤春夫門下生だった。そして檀は、その記者のひとりが病室に入ってくるや口にした「先生の『火宅の人』は大ベストセラーです」というお世辞をとても喜んだともいう。

そのとき、これが檀の最後のインタヴューになるかもしれないと思った小弥太は、病室にあるカセットテープでその一部始終を録音しておいた。そのテープには、

「まさか……自分が人の世話を受けるようになるとは……人生の誤算でした」

というような檀の切れ切れの声に混じって、病室で絶えず鳴りつづけていたモガリ笛の音が、ヒューヒューと入っているのがわかる。

昭和五十一年の元日は、病室に一家が勢揃《せいぞろ》いした。太郎の家族、ふみにさと、そして私と小弥太。久しぶりに一家の者が集まったことに気分が昂揚《こうよう》したのか、太郎が連れてきた孫のかわいい悪戯《いたずら》に心がほぐれたのか、檀は子供たちに向かってかなりはっきりと、

「今日は能古島に戻ってお正月をしなさい」

と言った。そこで、その夜は看護役の私と小弥太を除いて、全員が能古島に引き上げた。この様子では、今日明日ということはないだろうと思えたからだ。

ところが、二日の明け方になって容態が急変した。慌てて駆けつけた宿直医が、無駄と知りつつ馬乗りになって心臓マッサージを施した。私にはそれが死に行く人への処置としては無残すぎるように思え、眼をそむけた。

容態が急変する直前、檀が深夜の付き添いをしてくれていた小弥太に残した言葉は、

「ありがとう、チチも寝るから、あなたももう寝なさい」

だった。

結局、能古島にいた太郎と娘たちは檀の死に間に合わなかった。

檀は悔しかったろう。もっともっと生きて、八十、九十の破滅派、無頼派の行く末を見せたかったろう。もっともっと書いて、私小説とはまったく異なる作品を世に問いたかっただろう……。

5

檀が死んで、まず困ったのは火葬場だった。正月の二日だったため、九大病院の火葬場を始めとして、どこもやっていなかったからだ。能古島に連れて戻ろうという意見も出たが、亡《な》くなった体を船に乗せて運ぶのはあまりにも哀れな気がして反対した。もっとも私が反対していなくとも、正式な島民になっていなかったため、能古島で葬式をす

ることはできなかったようだ。

なんとか柳川に正月でも開いている火葬場が見つかり、檀をよく知っている市長の古賀杉夫さんにお願いして、遺体を焼かせていただくことにした。

その火葬場は昔ながらの焼き場のようで、すべてが侘《わび》しく寒々としていた。焼いてくれたのは、風邪でも引いているのか首にガーゼのような布を巻き、綿《わた》入れ半纏《ばんてん》を着た中年の女の人だった。ふみが「いかにもチチが面白がりそうな人ね」と言うと、そこでみんなの緊張が解けて笑い声が起きた。それまで、冬の筑後平野の、吹きさらしの寒々しい火葬場にいるということに、身も心もこわばっているようなところがあったのだ。

私は檀が骨になってほっとした。私にさえやつれたところを見られるのがいやな人だったから、あれ以上入院して、病み衰えたところを他人に見せることは耐えられなかっただろうと思ったのだ。

以前、私はあるガン患者の方を見舞ったことがある。それはとても風貌《ふうぼう》の立派な方だったが、お会いすると長い闘病生活で見る影もなくなっていた。だから、檀とは、人様にあまり病んだ姿を見せないでおこう、と話していた。ところが、いざ見舞いの客が訪ねてくると、

「お、それは会わなくては」

と病室に通してしまう。それが檀一雄の檀一雄たるゆえんなのだが、変わり果てた姿

に何人の方が驚かれたことだろう。

しかし、もう骨になり、変わり果てた姿を見られることもなくなった。苦しみからも解放されて、安らかになれた。安らかになれて、よかったですね、と私は檀に語りかけた。

お骨を東京に持って帰り、青山斎場で盛大な告別式を行った。青山斎場は佐藤春夫先生の告別式が行われたところだが、檀の告別式もまたそこで行われるとは思っていなかった。

驚いたことに、葬儀が始まるとふみが大泣きに泣きはじめた。それを雑誌のカメラマンの方たちが撮りにくる。それが気掛かりで、悲しみを嚙みしめるどころではなかった。入江さんもいらしたが、それより娘のことが気になってならなかった。

最後の焼香で、入江さんが横を通った。私は遺族として頭を下げた。そのとき、入江さんの口紅の色が鮮やかに眼に入った。ああ、綺麗《きれい》に化粧をしているな、と意味もなく思った。

通夜《つや》は九州ということもあって極めて簡単に済ませてしまったが、それを気に病んでいた義母の気持を汲《く》んで、葬儀のあとの四十九日は東京で盛大に行った。

出版された『火宅の人』は檀の死後も、というより、檀の死によってさらに、という方が正しいような気がするが、ベストセラーとして売れつづけた。

十万部を超えたとき、全集についての相談もあって、神楽坂の新潮社に出版部長の新田敞《ひろし》さんを訪ねた。

生前、檀と話していたのは、一万部売れたら洋食器のディナー・セットを揃えよう、もし二万部売れたら能古島の家の台所を修理しようなどということだった。それが十万部も超えてしまい、なにか不思議な気がする。私がそう言うと、新田さんも感慨深げにおっしゃった。

「ほんとに、複雑な気持がしますね」

檀にとって、だから当然私たちにとっても、このように続けて印税が入ってくるというのは初めての経験だった。おかげで檀の死にもかかわらず、私たち遺族は経済的に困ることがなかった。まったく、檀は驚くような遺産を残しておいてくれたことになる。しかも、あのようなあまり計画的とは言えない生活をしておきながら、まるまる家が残ってもいた。これは奇跡のようなものだった。

生前の檀は、昭和二十六年に直木賞をもらって以来、およそ文学賞というものには縁がなかった。その直木賞も心から喜んでの受賞というわけではなかったから、賞にはまったく恵まれなかった人といってよいと思う。

その檀が、『火宅の人』によって立て続けに大きな賞をもらうことになったのはずいぶんと皮肉なことだった。まず、第二十七回の読売文学賞を『わが荷風』の野口冨士男さんや『鞄《かばん》の中身』の吉行淳之介さんと共に受け、続いて第八回の日本文学大賞を『死《し》霊《れい》』の埴谷雄高《はにやゆたか》さんといただくことになった。読売文学賞は野口さんが代表して挨拶《あいさつ》してくださったが、日本文学大賞は私が前に立たなくてはならなくなった。出ない声で、辛うじて「二十年ものあいだ編集の方が励ましてくださったおかげでこのような作品も出来上がり、このような賞をいただくこともできました。ここに檀の母と息子の太郎が参っております。一緒にお礼を申し上げます」とだけ言うことができた。檀が生きていれば果たして二つも受賞できたかどうかはわからないが、もし生きていたら何と挨拶しただろうと思ったことだった。

ベストセラーになったことといい、大きな賞を受けたことといい、どちらも刊行と死がほとんど同時だったことが大きかったかもしれない。命と引き換えに遺《のこ》した作品というイメージがプラスに働いたのだろう。

確かに遺族にとって『火宅の人』はあらゆる意味においてありがたい本だった。しかし、作家檀一雄にとっては、果たしてよかったのだろうか。

死後、檀は『火宅の人』の檀一雄になってしまった。違うものを書いてきてもいたし、これから書こうともしていた。しかし、そのすべてが忘れ去られ、『火宅の人』の檀一雄になってしまった。それは作家として本望だったのだろうか。

もう少し生きさせてあげたかった。もちろん、病から回復しても何も書けなかったかもしれないが、『火宅の人』以外の檀を残すことはできたかもしれない。それができなかったことがかわいそうな気がしてならないのだ。

6

檀が死んだ直後は、私も間もなく死ぬのではないかと思っていた。簡単なものだったはずの甲状腺《せん》の手術のあとが、なかなかよくならなかったからだ。

ほとんど声が出なくなってしまった。声帯が切れてつながらない感じがした。声を出そうとしてもかすれた音が出るだけなのだ。半年ほどは、筆談をしたり手を叩《たた》いたりして用を足していた。

だが、一年くらいすると喉《のど》の調子はよくなりはじめ、三回忌が過ぎるころにはすっかりよくなっていた。それと同時に生活も落ち着いて楽になった。

結婚以来、初めてのんびり暮らすことができるようになった。檀が生きていたら、いつまでたっても自分の時間など持てなかったろう。檀は手のかかる男の人だったし、私はただあくせく働くより知らない女だったからだ。檀が生きているあいだは、映画を見にいくことはおろか池袋に買物に行く時間すらなかった。檀が元気だったら、きっと、あいかわらず客は多かったろうし、当然、そのために酒食の用意をしなければならなかったろう。コーラスのサークルに入る余裕もなかったろうし、書道を習う時間もなかったろう。

檀の死後、何度か外国にも行った。ヨーロッパに行き、中国にも行った。檀の体を心配してポルトガルに行きさえしなければ、外国など一生行くこともなかったろう。

そのポルトガルにも四年後に再訪した。「檀一雄が愛したポルトガル」というツアーがあり、その主催者が連れて行ってくださったのだ。

しかし、二度目のサンタ・クルスは、前のときほどの感動がなかった。行ったのが十一月で、季節が違っていたせいかもしれない。夏のシーズンが終わり、閑散としていた。その旅行には、檀の骨も少し持っていった。本当はサンタ・クルスのどこかに埋めるつもりだったが、かつて檀が案内してくれた海辺の町のエリセーラに行くと、暗い大西洋の海が溜《た》め息《いき》の出るほど素晴らしかったので、そこに埋めることにした。

そうこうしているうちに、いつの間にか檀が死んだ齢《とし》に追いついてしまった。檀の年齢を越えるとき、檀の親友だった坪井さんに、思わず「生きていていいものでしょうか」と訊《たず》ねてしまった。坪井さんも答えに困ったろうが、訊ねずにはいられなかったのだ。

「よか、よか、うんと生きなさい」

それが坪井さんの答えだった。

檀の死の直後、石神井の家に帰った私は、空漠《くうばく》とした思いに捕らえられたものだった。檀のいない家は無縁だ、綺麗な着物も帯も空《むな》しい、いつ死んでも構わない、と。

しかし、いま、余分に生きていてよかったと思う。檀が死んでからの年月を充分に生きさせてもらった。さまざまなことはあったが、私の人生の帳尻《ちょうじり》は合ったような気がする。喜ぶことも悲しむことも含めて多くの経験をすることができた。檀の死の直後に「人生の帳尻は合ったか」と訊ねられれば、それ以後の人生がなくとも「合った」と答えたろう。しかし、いまは、それ以後の十何年かの人生を味わってみてよかったと思う。

あるとき、伊豆に旅行したついでに、天城《あまぎ》にある昭和の森会館というところに寄ったことがあった。その中の伊豆近代文学博物館に入ると、幸田露伴の『頼朝・為朝』という作品が展示されていた。

それでひとつ思い出すことがあった。

能古島にいるときだった。痛みが間欠的にくると、よく体をさすってくれと命じられた。きっと気が紛れるのだろう。しかし、黙って体をさすっていると、不思議なものでこちらが眠くなってくる。私にできない職業がひとつあることがわかりました、それはマッサージ師です、などと軽口を叩いたこともある。そのことは坂口安吾夫人も書いていらしたから私だけのことではないのだろう。そこで、眠くならないようにいろいろなことを考える。ある夜、体をさすりながら思い出し笑いをすると、檀が言った。

「幸田露伴の『頼朝・為朝』という本の中に、思い出し笑いをするのは助平のことなり、と書いてあるぞ」

博物館でその本を見て、そのときのやりとりを思い出した私は、家に帰って檀の書棚を探してみた。檀があいうからには実際に読んだのだろうし、もしかしたら本も家にあるのかもしれない、と思ったからだ。やはり本はあった。露伴学人という著者名で改造社から大正十五年に出ている古い本だった。

そこで、私はさっそく読みはじめたが、なかなかその一節が出てこない。もしかしたら、私の記憶違いかもしれない。なかば諦《あきら》めかけたとき、全二百五十四頁《ページ》の二百三十八頁目に、確かに檀が口にしたと同じ言葉が出てきた。それは、長編の「頼朝」ではなく、短編の「為朝」の中にあったのだ。

《後に至って上西門院ノ判官代《ほうがんだい》になった義実というのは為朝の長男である。又上西門院ノ蔵人《くらんど》となった実信というのは次男である。此《こ》の二人は多分九州に居た時出来した子であろう。であるから大島の島主となって無事安閑たる日には、為朝も二人の子の事を思出すことも有ったろうし、忠国の女《むすめ》で自分の妻となったもののことを思い出したことも有ったろうが、思出し笑は助平の事だ、と世諺《せげん》が云《い》っている、思出し悲みは痴人の税だろう。》

思出し笑いは助平の事だ。私はそれを見つけた瞬間、心の中で叫んでしまった。

「ありました、ありました」

しかし、それを伝えようにも檀はいない。私はさらにこう続けていた。

「でも、どうしてあなたは生きていないんですか」

と。

終章

1

この正月、『火宅の人』を読んでさまざまなことを思い出した。それは楽しいことより胸が痛くなるようなことの方が多かった。

もともと、『火宅の人』は私にとってつらい小説であって当然なのだが、これまではそこに登場している桂ヨリ子とこの檀ヨソ子とは違う人間なのだと思おうとし、実際に思うことができかかっていた。いや、『火宅の人』ばかりでなく、檀の他の文章に出てくる檀ヨソ子も、この檀ヨソ子とは違うのだと思うことができていた。それには、書かれることとは作家の妻の宿命なのかもしれないという諦《あきら》めも与《あず》かっていただろうが、なにより時間の経過が大きかった。まったく、時が過ぎるということにはすごい力があるもので、最近は、思い出せば鮮明なことも思い出さないで済むようになっていたのだ。

しかし、『火宅の人』を再読して、またそれらがひとつになって心を惑わしはじめた。

軽井沢の山荘から石神井の家に帰ってしばらくして、古い手紙類を整理した。ポルトガルから檀が書き送ってきた手紙を、お見せする約束になっていたからだ。するとポルトガルからの手紙や最初の欧米旅行の時の絵葉書類に混じって、檀の南氷洋からの手紙が出てきた。

檀は昭和二十六年に捕鯨船に乗り込んで南氷洋に出掛けた。半年にも及ぼうかという長い船旅だったため、暇だけは充分にあったらしい。のちに「ペンギン記」という作品を生み出すことになるペンギンを飼ったりしていた。そして、船の上からどのような手順で届くのか、何通か手紙も届いた。

白夜《びゃくや》に近いため夕焼けと朝焼けが続いて見られるということが書かれている手紙もあれば、キャッチャーボートに同乗して追いかけた鯨のことが書かれている手紙もあった。ナガス鯨やシロナガス鯨の漁では、夫婦二頭連れの場合、メスの方からモリを打ち込むことになっている。それはオスを先に打つとメスは逃げていってしまうが、メスを先に打つとオスはそのまわりから離れようとしないからだ。ただし、さすがのメスも、子供を先に打つと決して逃げない。そんなことが面白おかしく書いてあったのを覚えている。

その中に一通、長い手紙があった。以前そのような長い手紙をもらったことはなかったし、結局、以後もそれほど長い手紙をもらうことはなかった。「遺書」として書いたという通り、長い船の生活の中で、あれこれ考えたことを書き送りたくなったのだろう。しかし、そんな珍しい手紙だったのに、私はその内容をすっかり忘れていた。あらためて読み直して、それこそ「あっ」と声を上げそうになった。こんなことが書いてあったのか……。そこには、のちに起ることがすべて予告されていた。

新年おめでとう。太郎次郎と、大変なことでしょう。そのほか諸雑事ほったらかしの儘《まま》だったから、御心労さこそといつも感謝しております。扨《さて》、結婚以来、一度もあなたに手紙を書いたことがなかったような気がするから、今日は一つ思い切って、長い手紙に致します。今後も又書く機会は無いと思いますし、この手紙、後年格別の変化が無い限り遺書をも兼ねておきますから、出来たら保存をしておかれるがよろしいでしょう。

平常冗談にまぎらわせて、口に出したことはありませんが、失意の時、大事の時、私よりも何層倍も沈着であり、激励にみちているあなたの心意気を、私は大変尊敬しております。それでなかったなら、私は何度も自分の道を見迷ったろうとすら、考えることがあります。私は持続的に女を愛することなど出来ない性分ですが、あなたの落着いた性格を畏《おそ》れもし、深く愛してもおります。

私はあなたを、実はいい加減に貰《もら》ったのですが、天の与えてくれた好伴侶《はんりょ》に感謝しております。ムラ気で、御気分屋の私にとって、あなたのような飾りのない敦厚《とんこう》な愛情を得たことを誇りに思っております。

あなたへの感謝は、「リッ子」の中の静子という形で転化して描いたことを、あなたはまだ信じていないようですね。

これから少し悪口も書きますが、怒らないでどうぞ考えて見て下さい。あなたは優しいし厚味のある人柄ですが、その優しさを表現することは甚《はなは》だ拙劣ですね。私はあなたと森を歩いたことも、月を眺めたことも、海辺に立ったこともありません。それは私が誘わないばかりでなく、来客や家族が多いので忙しいばかりでなく、あなたが来ようとしないのです。

例えばあなたと立った姿勢で接吻《せっぷん》をしたことがあったでしょうか。これもまた私が悪いばかりでなく、あなたが、二人だけの愛情を感じながら私の傍に立って、じっと待っていてくれたということが一度もなかった証拠にほかなりません。

例えば私達大家族が一緒に電車に乗ったとします。あなたが私の傍に座ったためしが有ったでしょうか。

更にあなたは、夜の愛撫《あいぶ》をかわし合うときにも、おおむね非常に投やりであるか、大まかであるかのようです。それも又私が疲れているのと、力の足りない故《ゆえ》であるかも知れませんが。

私は繰り返しあなたに云《い》っております。仕事が煩労《はんろう》ならば女中さんを二人でも三人でも雇ったらよいではありませんか。そうしてあなたはあなたの力を私の仕事の周囲に注いでくれるか、乃至《ないし》はあなたの教養、慰安に向けてくれるがよいではありませんか。

おしめを洗ってくれることもありがたいが、そういう仕事は人にまかせて、野山に立ち、生きる喜びを知り、激励を交わし合って、殆《ほとん》ど亡《ほろ》びかかっている私を更新して貰いたいのです。

このあとには、万一自分が死んだときの家財や印税の処理の仕方が縷々《るる》述べられている。初めて読んだとき、いったいどうしてこんなことを書くのだろうと不審に思ったはずである。檀が死ぬということを含めて、まったく現実味のない仮定ばかり書き連ねられていたからだ。

しかし、この手紙において、もっとも重要な部分はそこにはなかった。少なくとも、私が声を上げそうになった部分は、その先にあった。

さて、これからは生きている間に起り得る出来事について私の意見を明瞭《めいりよう》にしておきます。

あなたにかりに恋人が出来ても一向にさしつかえありませんよ。私が余り愉快に思うかどうかは別として、誰でも自由に愛し、愛されるべきだからです。但《ただ》し肉体関係ができているときには、なるべくそれを報《しら》せ合いたいものですね。何故《なぜ》なら自分の子供でない子を知らずに、かかえあげているのは悲惨ですから。

あなたに愛人が出来た節も、あなたからの申出がない限り、私の方から離婚の申出は決して致しません。別居はするとしても、あなたが、私の夫人であって何のさしつかえはないわけですから。従って下石神井のあなたの家はあなたの愛人と暮す巣になってもさしつかえないわけです。それは今日迄《まで》のあなたの御辛労に対する感謝からです。かりにあなたが愛人と結ばれて、どうしてもあなたから離婚の希望がある節も、次郎の連れ子料として、あの家を贈呈いたします。家がいやなら、家の代価六十五万円を（一時には払えないし、金で払うのはあやしいが）さし上げる約束をしておきます。若《も》しそんなことがあった節、この手紙を証拠として裁判所に提出して下さい。

若し又、私に愛人が出来た節も、あなたと離婚はいたしません。私は別宅を構えてその方へ逃げてゆくだけのことで、その際はあなたと子供達の充分な養育費を負担しましょうね。

以上、洗いざらい色んなことを書きましたが、しかしもう何年生きるか、憫《あわ》れな人間同士であってみれば、なるべく仲良く一緒に、乗りかかった船とあきらめて、死ぬ迄信じ合って生きてゆきたいものですね。

それには、もっとお互いに愛情の技巧に気をつけ、電車に乗る時には一緒に掛け、腕を組んで野山を歩き、月や花を愛し合い、時には立った接吻を交わし、夜の愛撫にも慰め合い、いたわり合い、お互いのよろこびの源泉を深くし、お互いのよろこびを教え合い、ヤキモチを焼かず、深く信じ、事破れた時には率直に、なつかしい昔の夫婦だったという立場から相談し合うことに致しましょう。

一月十日　　檀一雄

私が愕然《がくぜん》としたのは前段の部分ではなかった。これもまたほとんど現実味がない。当時これを読んだ私は、何をまったくありえそうもないことを書いているのかと思ったとだろう。後段をどのような気持で読んだか想像もつかない。だが、《なるべく仲良く一緒に、乗りかかった船とあきらめて、死ぬ迄信じ合って生きてゆきたいものですね》というような言葉に眼を眩《くら》まされて、前段と後段に挟まれた最も重要な部分を、何の気なしに読み流してしまったことは間違いない。最も重要な部分、それは《若し又、私に愛人が出来た節も、あなたと離婚はいたしません。私は別宅を構えてその方へ逃げてゆくだけのことで、その際はあなたと子供達の充分な養育費を負担しましょうね》という数行にあったのだ。いま読めば、『火宅の人』はこれをそっくりなぞったものであることがわかる。

それは、すでに、檀の心の奥底に入江さんが棲《す》みついていたからだろうか。もしそうだとしても、その潜在的な願望が現実化するのに四年以上もかかっている。あるいは逆に、檀は、この手紙のこの一節に、無意識のうちに支配されてしまったのだろうか。

驚いたのは内容だけではない。このような重要な手紙の内容をよく忘れられたものだと、我ながら呆《あき》れてしまったのだ。

例の「事」が起きるまで、私たちは健全な夫婦関係を結んでいたと思っていた。だが、それは私がぼんやりしていただけなのかもしれない。檀には危機を感じるアンテナがあり、私に切迫した警告を発していたのかもしれない。

あるとき、檀のことをどのくらいわかっていたと思うかと質問された。それに対して、私は傲慢《ごうまん》にも、檀の気持のかなりの部分はわかっていたと思うと答えてしまった。たぶん十のうち七か八は、と。だが、本当は何もわかっていなかった。そういえば、九大病院のベッドで点滴を受け、磔《はりつけ》のようになってベッドに横たわり、ただ黙って天井を見上げていた檀の気持がどのようなものだったのかすら、本当にはわからないのだ。

2

檀の十七回忌は下谷《したや》の「梵《ぼん》」という普茶《ふちゃ》料理を出す店で行ったが、出席してくださった方の中には、足を悪くされて正座がつらいという方が少なくなかった。それだけ皆さんも齢《とし》を取られたのだなとあらためて感慨を覚えた。

齢を取られ、体を悪くされる方ばかりでなく、檀の親しい方の中には亡《な》くなる方も少なくない。その葬儀や法事に出ることが、私に残された大事な仕事のひとつになっているくらいだ。

すべてがだんだんと遠くなる。

そう、すべてはだんだん遠くなる、と思っていた。しかし、正月以来、檀のことが頭を離れなくなった。それまでは、眼を覚ますと、蒲団《ふとん》の中で雑事についての心配事をあれこれ数え上げていた。心配事とはいえ、私が死んだら墓はどうしてもらおうかというようなことから、明日のお客様に出す茶菓子は何にしようかというようなことまで、どれもつまらないことばかりだが、それが朝の儀式のようになっていた。ところが正月以来、眼を覚ますと、すぐに檀のことが頭に浮かんでくる。『火宅の人』のこと、そして南氷洋からの手紙のこと。それらがさまざまな記憶を誘い出してくる。昔のことを思い

出し、少し苦しくなる。思い出したくないことを思い出して、

「うっ」

と低くうめき声を上げてしまうこともある。

「何を思い出したの？」

自分の部屋が荷物に占領され、私の部屋に「間借り」にきているふみに心配そうに訊《たず》ねられたりもした。

私は『火宅の人』の出来事では、実際の「事」に傷つき、書かれたことで傷ついたと言った。しかし、今回、さまざまに訊ねられることで三たび傷ついたといえるかもしれない。このまま何も訊《き》かれもせず、だから話すこともなければ、忘れていられたことは忘れたままに、思い出さなくてもいいことは思い出さないままに、時間によって美化された思い出だけを抱いて死んでいくことができたはずなのだ。

それでも、また少し時間が経《た》つと、落ち着いてきた。

冬が過ぎ、春になるころには、胸が苦しくなるようなことを思い出す回数も少なくなり、また寝起きにはつまらない心配の種を見つけては数え上げるようになった。それが人間の不思議、時間というものの不思議かもしれない。

五月には能古島の花逢忌《かほうき》に出掛けた。

檀の死後、さまざまな場所で、さまざまな集まりがもたれるようになった。花逢忌もそのひとつだったが、主宰なさる方たちが物故《ぶっこ》し、ひとつ、またひとつと会が消えていく中で、この花逢忌だけが途切れずに続いている。それも、檀の福岡時代からの文学仲間である北川晃二さんが中心になっていてくださっていたからこそであった。しかし、その北川さんが先頃亡くなり、花逢忌もいつまで続くかわからなくなった。そこで、それが北川さんを追悼する特別な会だということもあり、またこれが最後かもしれないという思いもあって、出席することにした。

ちょうど、それは私の所属している書の会の、昇段試験の課題提出の締切日と重なり、慌《あわ》ただしく仕上げて九州に向かった。

能古島行きのフェリーの発着所には、日曜とあって大勢の観光客が並んでいた。私たちが能古島で暮らしていたころは、いかにも渡し船といったようなフェリーだったが、すっかり小ぎれいに変わっていた。

花逢忌は、能古島に建てられた文学碑の前で行われることになっている。檀の絶筆となった「モガリ笛」の句が彫られた能古島の碑は、律子さんと暮らしていた小田の海岸に対面した崖《がけ》に建っている。

そこに檀の文学碑を建てたいという話を伺ったとき、一瞬ためらう気持が起きた。そこが「思索の森」と名づけられているところだということが気になったのだ。以前、檀がまだ元気だったころ、散歩中にそこを通りかかり、「いやだね、思索の森だってさ」と言っていたことがあるのを思い出したからだ。しかし、そのためらいは、律子さんとの思い出の地と向かい合っていることをいやがって、と取られてしまうかもしれない。それを恐れ、あえて反対しなかった。

当日は風が強かった。陽が射《さ》したかと思うと、雨がぱらぱらと降る。九州大学のグリークラブの学生さんたちが、かつて檀が作詞したという「白秋の生まれた町で」をうたってくれる中、出席者が全員で献花をした。しかしそれも、海からの激しい風に吹き飛ばされそうだった。

翌日、檀家の菩提寺《ぼだいじ》である福厳寺《ふくごん》のある柳川に向かった。墓参りをし、御住職から黄檗宗《おうばくしゅう》に独特なすすり茶をいただいたあと、生まれ故郷の大和村に寄った。

村が町になり、畦道《あぜみち》が舗装され、私が九歳まで育った家も新しく建て直されてはいるが、田畑と小川と神社しかない大和村の風景に変わりはなかった。

麦秋というのだろうか、見渡すかぎりの畑には、豊かに穂をつけた麦が風に揺れ、黄金色に輝いている。

ふと、ここに住んでもいいなと思う。もちろん、長兄の死後、子供と孫の代になっている家に厄介になることなどできないし、その気もない。ただなんとなく懐《なつ》かしさが込み上げてくるのだ。オンゴ、オンゴと、つまりお嬢さん、お嬢さんと、小作の人たちから大事にされたという甘美な思い出があるからだろうか。それとも、大和村の穏やかな風景が老いた心に安らぎを与えてくれるからなのだろうか。

しかし、九州から東京に戻り、石神井の家にたどり着くとほっとする。やはり、ここにしか私の家はないのだと思う。

3

私は家もあり、なにがしかの収入もあり、ほとんど不自由のない老後を送っている。太郎と小弥太は結婚して、それぞれ二人の子供の父親になっている。二人の娘は結婚もせず家に残って好きなことをしている。

女親にとっては、娘と一緒の生活というのが最も安らかなものなのだろう。私は幸せだと思う。しかし、幸せだと喜んでいる私は、親として間違っているのではないかとも思う。どんなことをしても、喧嘩《けんか》してでも、娘たちを結婚させるべきではなかったろうか。少なくとも、いまのままでは、娘たちに、娘と暮らすという喜びを味わわせることはできないのだから。

檀が家を出て入江さんと暮らすようになったとき、これからは子供たちの父としてだけ迎え入れる、というような口はばったいことを言ったことがある。

だが、私は子供たちの母としてより、檀の妻として多く生きてきたような気がする。

最近、知り合いの女性から、旦那《だんな》様の浮気についての相談の電話があった。相手の女性がやはり女優さんだということで、先輩に愚痴をこぼしてみたいというようなところがあったのだろう。もちろん、私に役に立つアドバイスができるはずもなく、ただ、嫉《しっ》妬《と》は消耗するわよ、自分を老《ふ》けさせることになるわよ、という程度のことしか言えなかった。

そのとき、彼女がこんなことを言っていた。街に出て、夫婦仲良く子供を連れて歩いている姿を見ると、泣きたくなるほど羨《うらや》ましく感じる、と。

しかし私は、自分が彼女と同じ立場だったとき、そんなことを感じたことがなかった。

そもそも、私が家を出たときも、母としてではなく、妻としての感情を優先させていた。

私は子供たちの母である前に檀の妻だったのだ。

以前、檀の血縁の者に、私が「玉の輿《こし》」に乗ったというような言い方をされ、内心腹立たしく思ったことがあった。結婚した当時、檀は律子さんに死なれ、子供を抱えて困っている無職のやもめに過ぎなかった。

もし檀と結婚していなかったら、と考えてみることがある。多分、誰かと再婚はしただろう。瀬高の周辺に住む教師とか役場の人とかと一緒になったかもしれない。そして、隣の家の奥さんと今年の小豆の出来のよしあしを話したり、おはぎの餡《あん》の砂糖の入れ具合がうまくいったかどうかで一喜一憂したりして、それはそれなりに楽しい日々を送ったことだろう。

しかし、檀と結婚したことで、他では味わえない不思議な人生を経験することができた。檀一雄という人と暮らせたこと、それはやはり「玉の輿」に乗ることだったかもしれない。

その檀の妻としての三十年間の中で、最も嬉《うれ》しかったことといえば、ヴラマンクの風景画を買ってもらったことだろうか。

雑誌のグラビアを見ていると、美しい風景画が載っていた。

「この絵は素敵ですね」

私が何げなく言うと、しばらくして檀がその画家の絵を買ってきてくれた。それがヴラマンクだった。もちろん複製画だったが、私のつまらない言葉を取り上げてくれたことが嬉しかったのだ。

心残りは、そう、心残りは、檀の妻としての役割を満足に果たせなかったことだ。不器用で、失敗ばかりしていた。もういちど初めからやり直すことができれば、今度はもう少しうまくやれるのではないかと思ったりもする。

しかし、妙なものだ。私はまた檀の妻になることを望んでいるらしい。

あれはもう何年前のことになるのだろう。

檀が荻窪の旅館でカンヅメになり、直木賞の受賞第一作を書いていたときのことだ。私も口述筆記を手伝いに行き、その晩は泊まることになった。作品は翌日の夜までかかってようやく書き上げることができたが、いざ帰ろうとすると外は大雪になっている。本当なら、もう一晩泊まった方がよかったのだが、檀はどうしても帰ると言ってきかない。それは、あくる朝、坂口安吾さんと旅に出ることになっていたからだ。しかも、汽車の座席にそのころ手に入りにくかった一等切符が用意されており、それを家に置いてあった。坂口さんと一等切符が揃《そろ》っていてその旅を反古《ほご》にするわけにはいかない、というのだ。それはもっとものことだと私にも思えた。そこで、タクシーを頼み、とにかく石神井に向かって走ってもらうことにした。

途中まではなんとか行くことができた。ところが、井草《いぐさ》まできたところで、突然、タイヤが溝にはまってしまった。三人ではなんともしようがない。ところが運よく、そこはちょうど、草野心平さんが住んでいらっしゃる御嶽《みたけ》神社のすぐ傍だった。社務所に駆け込み、人を出してもらって持ち上げようとしたが、どうしてもタイヤは溝から出ない。

ついにタクシーを諦《あきら》め、運転手さんを社務所に泊めていただく許しを得ると、私たちは雪の中を歩きはじめた。

すぐに体が冷え切り、足先の感覚がなくなってきた。当時の練馬は畑が多く、雪が積もると道との区別がつかなくなった。うっかり畑に迷い込むと、肥溜《こえだ》めに落ちてしまう心配もあった。頭髪がすっかり凍って立ってしまった檀が、私にいろいろ言葉を掛けては励まそうとする。

「眠るんじゃないぞ、凍え死んでしまうからな」

檀は、中国や朝鮮で雪や寒さの恐ろしさをよく知っていた。しかし、私は檀よりむしろ張り切って歩いていた。

「そんなに急ぐと危ないぞ」

私はその雪道の行軍を子供のように楽しんでいた。体は凍えそうだったが、胸の奥は暖かかった。檀と二人で雪の夜道を歩いている。それがまるで、冒険の旅をしているような弾んだ気持にさせてくれていたのだ。

「これは『一等切符』という小説になるな」

檀が言った。しかし、私には小説になどしてもらう必要はなかった。檀と二人で雪の夜道を歩いている。ただ、それだけで充分だった。

なのに、私はその思いをうまく表すことができなかった。檀に伝えることができなかったのだ……。

4

途中で何度か中断はあったものの、週に一度の割合で檀についてお話しをすることが一年ほど続いた。

その最後の日、飽きずに話を聞きにきてくださっていた方が、もし、と言い出した。もし、あなたが檀ヨソ子ではなく、まったく無縁の一読者だったら、『火宅の人』の桂ヨリ子をどんな人と思うだろうか。

それは難しい質問だった。私は檀ヨソ子であり、桂ヨリ子のモデルである。まったくの第三者として冷静に判断することは不可能だ。そこをあえて、とその方はおっしゃる。

私はしばらく考え、答えた。

「不幸な人だな、と思うでしょう」

すると、その方はさらに畳み掛けてきた。では、実際の檀ヨソ子はどんな人でしたか。

それも難しい質問だ。しかし、答えは意外と簡単に浮かんできた。

「貧しい女でした」

家事に追われ、お金の工面に追われ、ただあくせくと走りつづけてきた。檀が言うように、野を歩くこともなかったし、月を見上げることもなかった。でも、と私は続けた。

「貧しかったけれど、不幸ではありませんでした」

最後に、とその方がお訊ねになった。将来『火宅の人』を読み返すことはあるだろうか、と。

私は即座に答えた。

「死ぬまで読むことはないでしょう」

檀は自分の檀という姓を好んでいた。小川軒で出してくれる特製のシチューを「ダン・シチュー」と名付けたり、ポルトガルで見つけた「ダン」というワインを愛飲したりしたのも、檀という姓への愛着からだろうと思う。

辞書で調べると、檀という字には「ダン」と「まゆみ」という訓《よ》みが出ている。「ダン」は「びゃくだん科の常緑高木」とあり、「まゆみ」は「山野に自生する落葉低木」とある。意味はともかく、檀は「ダン」という響きの人であり、決して「まゆみ」という人ではなかった。

檀を思い出すとき、まず脳裡《のうり》に浮かんでくるのは、何かがあるとパッと立ち上がる瞬間の檀の姿だ。そのかすかな激しさをはらんだ挙措《きょそ》が、まさにダン、檀だったのだ。

初夏、陽光がさんさんと降り注いでいるのに、なぜかサアッと涼しさが走ることがある。そんなとき、ふっと体にポルトガルがよぎる。

あなたにとって私とは何だったのか。私にとってあなたはすべてであったけれど。

だが、それも、答えは必要としない。

主要参考文献

『火宅の母の記』 高岩とみ 新潮社 一九七八年
『三島由紀夫と檀一雄』 小島千加子 構想社 一九八〇年
『人物書誌体系 檀一雄』 石川弘編 日外アソシエーツ 一九八二年
『人間 檀一雄』 野原一夫 新潮社 一九八六年
『火宅の人 檀一雄』 真鍋呉夫 沖積舎 一九八八年
『檀一雄全集 別巻』 真鍋呉夫編 沖積舎 一九九二年

なお、引用文は現代仮名遣いに改めたものもあります。

解　説

長部日出雄

じつに不思議な作品である。

実在した特定の人物について物語る作品において、作者がだれであるかは、普通はっきりしている。

自叙伝なら当人であり、伝記であれば他者であり、それがさらにフィクション化された作品の場合は、おおむね小説家である。

では、この『檀』の作者は、いったいだれなのだろう。

冒頭から語り手の「私」として登場する檀ヨソ子夫人であろうか、それとも著者の沢木耕太郎であろうか。

かりに作者を沢木とした場合、この作品におけるかれは、ノンフィクションのライターなのであろうか、それとも小説家なのであろうか。

そんな風に考えてくると、これはいままでに前例のない、画期的な種類の作品であることが、しだいに明らかになってくる。

この作品は、毎週一度ずつ一年間ほど、ヨソ子夫人にインタビューを重ねた著者が、妻の視点に立って『火宅《かたく》の人』の作家檀一雄の姿を描きだす……という方法で書かれた。しかし、厖大《ぼうだい》な材料からの選択や、それを文章化する過程には、当然のことながら夫人の話のなかに、語る夫人と語られる夫の姿を、ともに対象化して透かし見る著者の視線が入りこんでくる。

そうして出来上がった作品は、まさに「四人称」ともいうべき、きわめて独特の視点をもつものとなった。

読者には奇異に感じられるであろうこの言葉について説明するために、これまでの文芸作品における人称と視点の問題を、ざっと一通りおさらいしてみよう。

まず、一人称で語られて、語り手と主人公が同一人物であることと、作中に起こる出来事はあらかた事実そのままであることを、自明の前提として書かれるのが、わが国独特の「私小説」である。

だから読者は、主人公の職業が作中に明示されていなくても、それを作者本人とおなじ小説家として読む。

檀一雄の『火宅の人』も、その一種と見てよいであろう。ただし、物語が事実そのままではなく、少なからずフィクション化されているのは、この『檀』における夫人の話で明らかだ。

一人称の視点に、ストイックなまでに固執する点では、アメリカのハードボイルド小説もそうである。

レイモンド・チャンドラーの『長いお別れ』の主人公は、フィリップ・マーロウという名前の私立探偵であるけれど、清水俊二の訳では「私」という一人称で語られ、その視界に入って来ること以外は、意識的にいっさい描かれない。

もともと「行動者」を好んで主人公にしてきた沢木耕太郎が、この『檀』でとったのも、やはり余分な感傷や自意識をストイックに排除して、ただひたすら目に映る事柄だけを、できるだけ明晰《めいせき》に、かつ簡潔に語ろうとするハードボイルドの筆法であった。

手慣れた文体で書いたというより、それがわが国の一般的な女性よりも、遥《はる》かに意志的なヨソ子夫人の一人称の語りにふさわしいと考えて選んだのに違いないとおもう。

つぎに二人称の小説――。これは例が少ないが、たとえば手紙体で、書き手の脳裡《のうり》に浮かぶ相手の表情や挙動を鮮明に描きだし、その二人称の対象に語りかける調子で記された作品などを、そう呼んでもよいであろう。

この『檀』の読者も、終章に近づくにつれて、「私」の語りかけが、しだいに亡《な》き夫にたいする呼びかけになり、ひたむきな恋文の響きを帯びてくるのを感じられたはずだ。その終章は、つぎのように結ばれる。

あなたにとって私とは何だったのか。私にとってあなたはすべてであったけれど。だが、それも、答えは必要としない。

この部分は、ほとんど二人称の小説といっていい。

そして小生はこの結びの言葉から、チャンドラーの『長いお別れ』の結末、――私はその後、事件に関係があった人間の誰とも会っていない。ただ、警官だけはべつだった。警官にさよならをいう方法はいまだに発見されていない。

というハードボイルドなタッチの、すなわち簡潔でなおかつ深い余韻を感じさせる文体をおもい出したりもしたのだった。

登場人物のすべてが、作者によって創造され、名前をつけられて、代名詞では「彼」または「彼女」と呼ばれる客観小説が、これまで世に生みだされたなかで格段に数の多い三人称の小説である。

実在の人物のすべてにわたって、客観的に調べて書くノンフィクションも、構造的にはおなじといえる。

近代以前の物語には、語り手が登場人物全員の心理に通暁《つうぎょう》していて、それらのどの視点からも物事を見ることができる、という立場で綴《つづ》られるものが多かった。

いまから考えれば、まことに融通無碍《むげ》で、はなはだ便利でもあるこの立場は、近代以降、人間にはあり得ない「神の視点」に立つもの、と批判されて、作者の視界を、登場人物のなかの一人のものに限定する手法が創出された。

私小説も、ハードボイルドも、根底においては、このように近代的な意識から生まれたものといえよう。

しかし、近代人にとってのリアリティーが増したそのぶんだけ、小説は書き手の主観の限界に閉じ込められ、あるいは自意識の迷路に入り込んで、かつての「神の視点」の物語がもっていた通俗的で、かつ自由奔放な面白さを失い、それを二度と取り戻せないという結果にもつながった。

ノンフィクションの読者がふえた原因のひとつには、近代の小説が失った複数の視点の興趣を取り戻したい、という気持があったのかもしれない。

ただし、ノンフィクションが「神の視点」に立つことは、決してあり得ない。

それは書き手が、登場人物のどの一人の心理にも通暁していない、すなわち、人間はだれもかれもわからない、ということを、根本的な大前提として出発するからである。

こんなふうに辿《たど》ってくれば、『檀』には、一人称、二人称、三人称の視点が、全部ふくまれているのに気づかれるだろう。

冒頭から「私」の回想としてはじまる点では私小説的であり、結末は前述のように手紙体であり、十七回忌をすぎた時点で語られているため、全体として当時はわからなかったさまざまなことも書き込まれている点では、客観小説風である。

それらの一人称、二人称、三人称を統一して、しかも神の高みに立つことは決してない書き手（沢木）の視点は、まさに「四人称」と呼ぶよりほかになく、前人未到のそのような立場から語られたことが、この作品のまことに複雑な興趣を生みだしているようにおもわれるのだ。

もうひとつ、これもすこぶる特異な題名について一言しておきたい。

作者はどうして『檀』という題を選んだのか——。その理由は、じつは作品の最後に、作者自身によって明かされている。

読者はこの部分の真の語り手がだれであるのかを、細心に吟味しながらあじわっていただきたいとおもう。

檀は自分の檀という姓を好んでいた。小川軒で出してくれる特製のシチューを「ダン・シチュー」と名付けたり、ポルトガルで見つけた「ダン」というワインを愛飲したりしたのも、檀という姓への愛着からだろうと思う。

辞書で調べると、檀という字には「ダン」と「まゆみ」という訓《よ》みが出ている。「ダン」は「びゃくだん科の常緑高木」とあり、「まゆみ」は「山野に自生する落葉低木」とある。意味はともかく、檀は「ダン」という響きの人であり、決して「まゆみ」という人ではなかった。

檀を思い出すとき、まず脳裡に浮かんでくるのは、何かがあるとパッと立ち上がる瞬間の檀の姿だ。そのかすかな激しさをはらんだ挙措《きょそ》が、まさにダン、檀だったのだ。

述べているのは、むろん語り手である夫人の「私」に違いないが、いつのまにか書き手の感覚も微妙にまじり合って、一体化しているように感じられる。

沢木耕太郎は、まず徹底して夫人の見方に即するところから出発し、最後の章にいたって、正確な記録にもとづく作品の全体を、四人称の作者（語り手＋書き手）の表現とすることに成功した。

その過程において、妻にたいしては、はなはだ身勝手であっても、他人への悪口や非難はいっさい口にせず、汚いところがまるでなくて、男女を問わず人を強く惹《ひ》きつける魅力をもつ「潔《いさぎよ》い人」であった主人公檀（ダン）の姿が、夫人の語りを通じて、鮮明に浮かび上がってくる。

こうしてこの作品は、あるいは作家としてやり残したことがまだ沢山あったかもしれない檀一雄にたいする、最高の鎮魂歌となった。

そして夫人は、檀一雄とともにすごした人生を、その間に味わった痛苦とともに、終章においで全肯定するにいたる。

そのことが、読者にも、文学作品によってしか味わえないカタルシス（魂の浄化）をもたらすのである。
内容的にはむろんのこと、方法的にもそれに劣らず興味深い、新鮮な伝記文学の秀作として、強く推したいとおもう。

（二〇〇〇年六月、作家）

この作品は平成七年十月新潮社より刊行された。

沢木耕太郎著
人の砂漠
一体のミイラと英語まじりのノートを残して餓死した老女を探る「おばあさんが死んだ」等、社会の片隅に生きる人々をみつめたルポ。

沢木耕太郎著
一瞬の夏（上・下）
非運の天才ボクサーの再起に自らの人生を賭けた男たちのドラマを〝私ノンフィクション〟の手法で描く第一回新田次郎文学賞受賞作。

沢木耕太郎著
バーボン・ストリート
講談社エッセイ賞受賞
ニュージャーナリズムの旗手が、バーボングラスを傾けながら贈るスポーツ、贅沢、賭け事、映画などについての珠玉のエッセイ15編。

沢木耕太郎著
深夜特急 1
—香港・マカオ—
デリーからロンドンまで、乗合いバスで行こう——。26歳の〈私〉の、ユーラシア放浪が今始まった。いざ、遠路二万キロの彼方へ！

沢木耕太郎著
チェーン・スモーキング
古書店で、公衆電話で、深夜のタクシーで——同時代人の息遣いを伝えるエピソードの連鎖が、極上の短篇小説を思わせるエッセイ15篇。

沢木耕太郎著
彼らの流儀
男が砂漠に見たものは。大晦日の夜、女が迷ったのは……。彼と彼女たちの「生」全体を映し出す、一瞬の輝きを感知した33の物語。

檀《だん》

新潮文庫　さ－7－13

平成十二年八月一日発行

著者　沢《さわ》木《き》耕《こう》太《た》郎《ろう》

発行者　佐藤隆信

発行所　株式会社　新潮社

郵便番号　一六二―八七一一
東京都新宿区矢来町七一
電話　編集部(〇三)三二六六―五四四〇
　　　読者係(〇三)三二六六―五一一一

価格はカバーに表示してあります。

乱丁・落丁本は、ご面倒ですが小社読者係宛ご送付ください。送料小社負担にてお取替えいたします。

印刷・大日本印刷株式会社　製本・加藤製本株式会社

ISBN4-10-123513-9 C0193